El Alumno

Por

Henry James

Copyright del texto © 2023 Culturea ediciones
Sitio web : http://culturea.fr
Impresión: BOD - Books on Demand (Norderstedt, Alemania)
Correo electrónico : infos@culturea.fr
ISBN :9791041935420
Depósito legal : abril 2023

El pobre joven dudaba y no acababa de decidirse: le suponía un gran esfuerzo abordar el tema económico, hablar de dinero con una persona que sólo hablaba de sentimientos y, por así decirlo, de sentimientos elevados. Sin embargo, no quería despedirse, considerando cerrado su compromiso, sin que se echara una mirada más convencional en esa dirección, pues apenas permitía posibilidad alguna el modo en que planteaba el asunto la afable y corpulenta dama que se hallaba sentada ante él, manoseando unos estropeados guantes de ante con su enjoyada mano regordeta, estrujándolos y deslizándolos al mismo tiempo, y repitiendo una y otra vez toda clase de asuntos, excepto aquello que a él le hubiera gustado escuchar. Le hubiera gustado oír la cifra de su salario; pero justo en el mismo momento en que el joven, con nerviosismo, se disponía a hacer sonar esa nota, regresó el niño —a quien la señora Moreen había enviado fuera de la habitación a buscar su abanico. Volvió sin el abanico, limitándose a decir que no lo encontraba. Mientras soltaba esa cínica confesión, clavó con firmeza la mirada en el candidato a obtener el honor de ocuparse de su educación. Este pensó, con cierta preocupación, que lo primero que tendría que enseñarle a su pupilo sería cómo debía dirigirse a su madre —especialmente que no debía darle una respuesta tan inapropiada como aquélla.

Cuando la señora Moreen utilizó aquel pretexto para deshacerse de la compañía del niño, Pemberton supuso que lo hacía precisamente para abordar el delicado asunto de su remuneración. Pero lo había hecho tan sólo para comentar algunas cosas que a un niño de once años no le convenía escuchar. Elogió a su hijo exageradamente, exceptuando un momento en que bajó la voz hasta convertirla en un susurro, dándose al mismo tiempo golpecitos en la parte izquierda de su tórax:

—Y todo ensombrecido por esto, ya sabe. Todo queda a merced de su debilidad.

Pemberton dedujo que la debilidad estaba localizada en la región del corazón. Sabía que el pobre niño no era robusto: ese era el motivo por el que había sido invitado a tratar sobre aquello, por medio de una señora inglesa, una conocida de Oxford que en esos momentos se encontraba en Niza, y que casualmente estaba informada tanto de las necesidades de Pemberton como de las de aquella amable familia norteamericana, que buscaba un tutor altamente cualificado y dispuesto a vivir con ellos.

La impresión que el joven tuvo de su futuro alumno, que había entrado en la habitación como si quisiera ver por sí mismo el momento en que Pemberton era admitido, no fue tan favorable como había dado por sentado. Morgan

Moreen era, de algún modo, enfermizo sin ser delicado, y su aspecto inteligente —lo cierto es que a Pemberton no le habría gustado que fuera estúpido— sólo reforzaba la posibilidad de que se tratara de un niño desagradable, del mismo modo que su enorme boca y sus imponentes orejas impedían considerarlo agraciado.

Pemberton era modesto, e incluso tímido; y la posibilidad de que su joven estudiante resultase más inteligente que él, representaba, para su desgracia, uno más de los peligros que entrañaba aquel novedoso experimento. Pensó, no obstante, que eran riesgos que había de correr al aceptar una posición —como se decía— en el seno de una familia, cuando los honores universitarios, desde el punto de vista pecuniario, no han rendido los frutos esperados. En cualquier caso, cuando la señora Moreen se puso de pie como dando por hecho que ya que comenzaría con sus obligaciones esa misma semana le dejaba marcharse, Pemberton logró, pese a la presencia del niño, decir algo relativo a sus honorarios. Si la alusión no resultó demasiado vulgar, no fue por la sonrisa consciente que parecía hacer referencia a la acaudalada situación de la dama. Fue exactamente porque ésta resultó ser todavía más elegante al responder:

—¡Oh! Le puedo asegurar que eso se resolverá de modo completamente satisfactorio.

Pemberton sólo se preguntó, mientras cogía el sombrero, a cuánto ascendería «eso». La gente tenía ideas tan distintas al respecto. Las palabras de la señora Moreen, no obstante, suponían un compromiso suficientemente claro por parte de la familia, como para provocar en el niño un breve comentario en tono burlón en otro idioma:

—¡Oh, lá-lá!

Pemberton, un tanto confundido, le lanzó una mirada mientras observaba cómo se alejaba lentamente hacia la ventana, dándole la espalda, con las manos en los bolsillos y el aire, en sus prematuramente avejentados hombros, de ser un niño que no jugaba. El joven se preguntó si sería capaz de enseñarle a jugar, a pesar de que la madre había dicho que jamás debía hacerlo y que por eso le era imposible asistir al colegio. La señora Moreen no dio muestras de desconcierto, sino que se limitó a proseguir en tono afable:

—El señor Moreen estará encantado de satisfacer sus deseos. Como le he comentado, ha tenido que desplazarse a Londres una semana. En cuanto vuelva, aclarará esto con él.

La respuesta era tan franca y tan amistosa que el joven sólo pudo responder, riendo al igual que su anfitriona:

—¡Oh! No creo que vayamos a pelearnos.

—Le darán lo que usted quiera —comentó el niño inesperadamente, mientras volvía de la ventana—. No nos preocupa lo que pueda costar nada. Vivimos magníficamente bien.

—¡Querido, qué cosas tan extrañas dices! —exclamó su madre, acariciándolo con mano experta pero indiferente. El niño se escabulló, mirando con ojos inteligentes e inocentes a Pemberton, quien había tenido ya tiempo suficiente para percatarse de que aquel menudo y satírico rostro parecía tener el don de cambiar de edad de un momento a otro. En aquel instante era un rostro infantil y, sin embargo, parecía hallarse bajo la influencia de curiosas intuiciones y conocimientos. A Pemberton le desagradaba la precocidad y se sintió contrariado al advertir vestigios de ésta en un discípulo que aún no había alcanzado la adolescencia. No obstante, adivinó sobre el terreno que Morgan no resultaría aburrido. Al contrario, podía ser de lo más excitante. Aquella idea contuvo al joven, a pesar de que sentía cierta repulsión.

—¡Vaya una personita presuntuosa! ¡No somos derrochadores! —protestó alegremente la señora Moreen, realizando un nuevo e intento infructuoso por retener al niño a su lado—. Usted debe saber qué puede esperar —prosiguió, dirigiéndose a Pemberton.

—¡Cuanto menos espere, mejor! —afirmó el niño—. Aunque nosotros somos gente a la moda.

—¡Solamente en la medida en que tú nos haces serlo! —se burló tiernamente la señora Moreen—. Bien, entonces el viernes —no me diga que es usted supersticioso—, y no nos falle. Ese día nos verá a todos. Lamento que las chicas hayan salido. Creo que le gustarán. Y, ya sabe, tengo otro hijo completamente distinto a éste.

—Trata de imitarme —dijo Morgan a Pemberton.

—¿En qué te va a imitar? ¡Pero si tiene veinte años! —protestó la señora Moreen.

—Eres muy agudo —le comentó Pemberton al niño, observación que la madre acogió con entusiasmo, confirmando que las ocurrencias de Morgan eran la delicia de la casa.

El niño no prestó atención a aquello; simplemente preguntó con brusquedad al visitante, que más tarde se sorprendió de no haber encontrado la pregunta ofensivamente descarada:

—¿De verdad desea venir?

—¿Lo dudas después de lo que me han contado que voy a oír? —contestó Pemberton.

Sin embargo, lo cierto es que no tenía ninguna gana de ir; lo hacía porque algo tenía que hacer, ya que su fortuna se había esfumado después de pasar un año en el extranjero. Había invertido en aquella experiencia todo su pequeño patrimonio. La había vivido plenamente, pero no podía pagar la cuenta del hotel. Además, había observado en la mirada del niño el destello de una súplica lejana.

—Bien, haré lo que pueda por usted —replicó Morgan.

A continuación se alejó de nuevo. Pemberton lo vio acercarse hasta el pretil de la terraza y apoyarse en él, después de atravesar una de las amplias cristaleras. Aún seguía allí cuando el joven se despedía de su madre, que al darse cuenta de que Pemberton parecía esperar que el niño le dijera adiós, le interrumpió:

—¡Déjelo, déjelo! ¡Es tan extraño! —Pemberton supuso que temía algo que su hijo pudiera decir—. Es un genio, usted lo adorará —añadió—. Es con mucho la persona más interesante de la familia —y sin darle tiempo a idear alguna cortesía que oponer a aquel comentario, añadió tensa—: Pero todos somos buenos, ¿sabe?

«¡Es un genio, usted lo adorará!», fueron palabras que se repitieron en nuestro aspirante antes del viernes, sugiriendo entre otras muchas cosas que los genios no eran invariablemente adorables. Sin embargo, todo iría mucho mejor si había un elemento que hiciera de la tutoría algo fascinante: quizás se equivocaba al dar por sentado que le iba a resultar aburrida. Cuando se marchaba de la villa tras la entrevista, alzó la vista hacia el balcón y vio al niño apoyado en su balaustrada.

—¡Nos lo vamos a pasar en grande! —le gritó.

Morgan dudó un instante y después respondió alegremente:

—¡Para cuando vuelva se me habrá ocurrido algo ingenioso!

Esto hizo que Pemberton dijera para sí:

—A pesar de todo, es bastante agradable.

II

El viernes los vio a todos, tal y como había prometido la señora Moreen, puesto que su marido había vuelto y las chicas y el otro hijo se encontraban en casa. El señor Moreen tenía el bigote blanco, buenos modales y lucía en su ojal el galón de una orden extranjera concedida, según supo Pemberton con el tiempo, por servicios prestados. En qué habían consistido aquellos servicios nunca lo tuvo claro: era éste un asunto -uno entre otros muchos— sobre el que el señor Moreen no hacía confidencias. Sí le confió enérgicamente que era un hombre de mundo, mucho más de lo que podía parecer a simple vista. Era evidente que Ulick, el primogénito, se preparaba para ejercer la misma profesión, con la desventaja, sin embargo, de que, hasta la fecha, su ojal tenía un humilde adorno floral y su bigote carecía de grandes pretensiones. Las chicas, pese a sus peinados, su porte, sus modales y sus pies regordetes, jamás habían salido solas de casa. En cuanto a la señora Moreen, al examinarla más de cerca, Pemberton observó que su elegancia era intermitente y que sus prendas no siempre hacían juego. Su marido, como ella prometiera, recibió con entusiasmo las pretensiones de Pemberton relativas a su salario. El joven procuró que fueran modestas y el señor Moreen no le ocultó que le parecían francamente exiguas. Le aseguró, además, que aspiraba a tener intimidad con sus hijos, a ser su mejor amigo, y que siempre los estaba observando. Por eso se iba a Londres y a otros lugares: para vigilar; y aquella vigilancia era la teoría de la vida, así como la verdadera ocupación de toda la familia. Todos se mantenían vigilantes, pues eran muy francos al considerar que era necesario hacerlo. Deseaban que se entendiera que eran gente respetable, así como que su fortuna, si bien completamente adecuada a su estatus, requería de una cuidadosa administración. El señor Moreen, como padre de los polluelos, procuraba el sustento para el nido. Ulick lo encontraba fundamentalmente en el club, donde Pemberton suponía que solían servírselo en tapete verde. Las chicas solían arreglarse el pelo y confeccionarse los vestidos ellas mismas, y nuestro joven tenía la sensación de que, en lo referente a la educación de Morgan, se le pedía que se alegrara de que, aunque naturalmente debía ser de la mejor calidad, no costara demasiado. Pasado un tiempo se alegró, olvidándose a veces de sus propias necesidades en aras del interés que le inspiraban el carácter y la cultura del niño, y el placer de llevarse bien con él.

Durante las primeras semanas de su relación, Morgan le pareció tan desconcertante como una página escrita en un idioma desconocido; era completamente distinto a los pequeños anglosajones que habían hecho a Pemberton formarse una falta idea de la infancia. Verdaderamente, aquel niño era un libro misteriosamente encuadernado que exigía contar con cierta práctica en la traducción. Hoy, transcurrido un considerable intervalo de tiempo, hay algo fantasmagórico, como los reflejos de un prisma o una novela por entregas, en el recuerdo que Pemberton guarda de la rareza de los Moreen. Si no fuera por algunas pequeñas señales tangibles —un mechón del cabello de Morgan cortado por él mismo y media docena de cartas que recibió del muchacho cuando ya se habían separado— todo el episodio y los personajes que lo poblaron hubieran parecido demasiado incoherentes en otro contexto que no fuera el mundo de los sueños. Sin embargo, la mayor singularidad de aquella gente era su éxito, tal y como se lo pareció a Pemberton durante un tiempo, pues jamás había conocido a una familia tan brillantemente dotada para el fracaso. ¿No fue acaso un éxito que consiguieran mantenerlo durante un periodo de tiempo tan odiosamente prolongado? ¿No fue un éxito que le hicieran compartir el almuerzo con ellos el primer viernes que empezó -aquello era suficiente para volverle a uno supersticioso— de modo que quedó totalmente comprometido? Y todo ello no fue el resultado de ningún cálculo ni consigna, sino de un instinto feliz que les hacía actuar siempre en grupo, como si fueran una tribu de gitanos. Le divertían tanto como si de verdad se hubiera tratado de una pandilla de cíngaros. Pemberton era todavía joven y no había visto mucho mundo. Sus años ingleses habían sido sumamente tediosos, por lo que la inversión de las convenciones en los Moreen, que tenían sus propios valores, pusieron su mundo patas arriba. No había conocido nada que se les pareciera en Oxford; y mucho menos aún había llegado hasta sus oídos norteamericanos ningún comentario semejante durante los cuatro años que pasó en Yale, antes de su marcha a Inglaterra, en los cuales creía haber reaccionado enérgicamente contra el puritanismo. La reacción de los Moreen, en cualquier caso, iba mucho más lejos. El primer día que pasó con ellos se consideró muy agudo al clasificarlos en su fuero interno con la etiqueta de «cosmopolitas». Más adelante le pareció un término poco convincente y anodino, y hubo de reconocer inútilmente su carácter provisional. Sin embargo, cuando lo aplicó por vez primera a la familia lo hizo con cierta satisfacción -pese a su condición de preceptor, él seguía siendo empírico—, incrementada por la sensación de que vivir con ellos equivalía realmente a contemplar la vida. Su singularidad en el modo de relacionarse era un indicio de ello: su cotorreo de lenguas, su alegría y buen humor, su constante holgazanería -estaban siempre levantándose de la cama pero nunca terminaban de hacerlo, y Pemberton encontró una vez al señor Moreen afeitándose en el salón—, su francés, su italiano y, en medio de todo ello, sus toques fríos y toscos de inglés norteamericano. Se alimentaban de macarrones y café -artículos que se hacían preparar con gran refinamiento- pero conocían las recetas de un centenar de platos distintos. Desbordados de música y canciones, se pasaban la vida tarareando e interrumpiéndose unos a otros, y tenían una especie de conocimiento profesional de las ciudades del continente europeo. Hablaban de «sitios buenos» como si fueran cómicos de la legua o carteristas. Tenían una villa en Niza, un carruaje, un piano y un banyo, y asistían a las recepciones oficiales. Eran un calendario perfecto de los «días» —así es como llamaban a los cumpleaños— de sus amistades. Pemberton sabía que, aun cuando se sintieran indispuestos, se levantaban de la cama para asistir a tales eventos, y que tenían la virtud de hacer que una semana pareciera más larga que toda una vida cuando la señora Moreen hablaba de ellos con Paula y Amy. Estos comienzos les confirieron, a ojos del joven, una apariencia de cultura casi deslumbrante. La señora Moreen había traducido algo en otros tiempos; a un autor que hizo sentirse inculto a Pemberton por no haberlo oído nombrar jamás. Podían imitar el veneciano y cantar en napolitano, y cuando querían decir algo muy especial se comunicaban entre sí utilizando una ingeniosa jerga inventada por ellos mismos, una especie de combinación verbal elástica que Pemberton tomó al principio por algún dialecto de uno de sus países, pero que llegó a entender gracias a sus conocimientos de ciertas peculiaridades dialectales del español y el alemán.

—Es el lenguaje de la familia: Ultramoreen —le explicó Morgan, bastante divertido; pero el niño rara vez se dignaba usarlo, aunque utilizaba el latín coloquial como si fuera un pequeño prelado.

Entre los «días» que ocupaban la memoria de la señora Moreen, se las arreglaba para hacer sitio al suyo, aunque sus amistades algunas veces lo olvidaban. Pero la casa daba la impresión de ser un lugar frecuentado, por la cantidad de personas distinguidas a las que allí se nombraba libremente y por la presencia de varios caballeros misteriosos, de títulos extranjeros y ropas inglesas, a los que Morgan llamaba «los príncipes», que se sentaban en los sofás junto a las chicas y hablaban francés en voz muy alta —aunque a menudo con un acento singular— como queriendo demostrar que no estaban diciendo nada inconveniente. Pemberton se preguntaba cómo era posible que los príncipes pudieran hacer la corte empleando aquel tono y de un modo tan estentóreo; dio por sentado, cínicamente, que eso era lo que se esperaba de ellos. Más tarde reconoció que, ni siquiera ante una oportunidad tan ventajosa, la señora Moreen permitiría que Paula y Amy recibieran visitas a solas. Aquellas señoritas no tenían nada de tímidas, pero eran precisamente las salvaguardias lo que las hacía tan atractivas. Aquella era una casa de bohemios que tenían un tremendo deseo de ser filisteos.

Había, no obstante, una faceta en la que no actuaban con rigor: se mostraban extraordinariamente cariñosos y encandilados con Morgan. Se trataba de una mezcla de auténtico cariño y de una admiración incondicional. Alababan incluso su belleza, que no era demasiada, y temían tanto por él como si sintieran que estaba hecho de una arcilla más fina. Se referían a él como a un ángel y un pequeño prodigio, y lamentaban sinceramente su falta de salud. Al principio Pemberton temía que aquella desmesura le hiciera odiar al niño, pero antes de que eso sucediera él mismo entró a participar de aquella extravagancia. Más adelante, cuando había empezado a odiar a los demás, era un regalo a su paciencia que mostrasen tanta consideración hacia Morgan: caminando de puntillas cuando sospechaban que le estaban apareciendo los síntomas de su enfermedad, e incluso renunciando al «día» de alguien para reconfortarlo. Pero entremezclado con eso, sus familiares mostraban al mismo tiempo un extrañísimo deseo de hacerle independiente, como si creyesen que no eran lo suficientemente buenos para él. Lo pusieron en manos de

Pemberton con el afán de que aquel amable joven lo adoptara, y de ese modo poder ellos librarse de su propia responsabilidad. Estaban encantados de ver lo bien que Morgan se llevaba con su preceptor y no pudieron encontrar un mayor elogio para el joven. Resultaba extraño ver cómo se esforzaban por armonizar la apariencia -y ciertamente el hecho esencial- de que adoraban al niño con el vehemente deseo de lavarse las manos en lo referente a él. ¿Querrían librarse de él antes de que descubriese cómo eran?

Pemberton los iba descubriendo mes a mes. La cariñosa familia del pequeño, fuera como fuese, se quitaba de en medio con exagerada delicadeza, como si temiese ser reprobada por estar interfiriendo en algo. Viendo a tiempo lo poco que el muchacho tenía en común con ellos (fueron ellos, precisamente, los primeros en hacer esa observación, proclamándolo con total humildad), su preceptor se sintió movido a especular acerca de los misterios de la transmisión genética, los remotos caprichos de la herencia. De dónde procedía el desapego que mostraba Morgan hacia la mayor parte de las cosas que representaban sus familiares es más de lo que un mero observador podría expresar... Sin duda habría que remontarse dos o tres generaciones.

En cuanto a la valoración que hizo el propio Pemberton de su pupilo, pasó bastante tiempo antes de que se formara su propio punto de vista, ya que estaba muy poco preparado para encontrarse algo así, debido, en buena medida, a la imagen que hasta el momento había tenido de las tutorías, en las que conforme a la tradición, los discípulos eran unos jóvenes y petulantes bárbaros. Morgan era superficial y sorprendente; carecía de muchas cualidades que son consideradas normales entre los miembros de su especie, en tanto que poseía en abundancia otras que formaban parte de una inteligencia sobrenatural. Un día Pemberton dio un gran paso: la cuestión se aclaró mucho cuando comprendió que efectivamente Morgan poseía una inteligencia superior y que ese, a pesar de que la fórmula era temporalmente provisional, era el único supuesto en el que había que basarse para tratar con él de manera exitosa. Tenía las cualidades propias de un niño a quien no le han ofrecido en la escuela una imagen sintética de la vida; una especie de sensibilidad conformada en el seno del hogar, que tal vez pudiera resultar negativa para él, pero que a los demás les resultaba encantadora, y toda una gama de registros en lo que respecta a delicadeza y percepción -tenues vibraciones musicales tan seductoras como una melodía que nos persigue—, producto de sus vagabundeos por Europa a remolque de su nómada tribu. Quizás no fuera ésta una educación recomendable de antemano, pero sus resultados en el caso de Morgan eran tan apreciables como las marcas en una pieza de porcelana fina. Al mismo tiempo había en él un pequeño destello de estoicismo, fruto sin duda de haber tenido que empezar a soportar el dolor muy pronto; un rasgo de su carácter que restaba importancia al hecho de que seguramente en el colegio le hubieran tomado por un pequeño monstruo políglota. Y la verdad es que

Pemberton enseguida se alegró de que Morgan no fuera a la escuela. Seguramente, de entre un millón de niños, la escuela sería buena para todos menos para uno, y ése era Morgan. Le habría hecho compararse y sentirse superior, tal vez habría hecho de él un ser engreído. Pemberton intentaría ser él mismo en la escuela -un seminario mayor que quinientos asnos pastando—, de modo que, al no tener que competir por ganar premios, el niño seguiría siendo inconsciente, irresponsable y divertido. Esto último porque, aunque la vida se manifestaba ya intensa en su naturaleza infantil, había en él una frescura que propiciaba la diversión. Resultó que, incluso cuando no se movía el aire, a causa de las diversas discapacidades de Morgan, los chistes surgían con facilidad. Era un niño cosmopolita, pálido, flaco, agudo y poco desarrollado, al que le gustaba la gimnasia intelectual y que, además, en lo que concierne al comportamiento de la humanidad había detectado más cosas de las que cabría suponer. Pero pese a ello, y como era propio de su edad, tenía su cuarto de juegos donde guardaba sus supersticiones y en el que destrozaba una docena de juguetes al día.

III

Una vez, en Niza, a la caída de la tarde, mientras la pareja descansaba al aire libre tras haber dado un paseo, contemplando el mar bajo la luz rosácea del ocaso, Morgan le preguntó de pronto a su acompañante:

—¿Le gusta..., ya sabe, estar con todos nosotros de un modo tan íntimo?

—Mi querido muchacho, ¿y por qué habría de quedarme si no fuera así?

—¿Cómo sé que se va a quedar? Estoy casi seguro de que no se quedará mucho tiempo.

—Espero que no tengas la intención de despedirme —añadió Pemberton.

Morgan reflexionó un instante mientras contemplaba la puesta de sol.

—Creo que si obrara correctamente debería hacerlo.

—Bueno, ya sé que mi obligación es instruirte en la virtud: pero en este caso no te comportes virtuosamente.

—Afortunadamente es usted muy joven —prosiguió Morgan, dirigiendo de nuevo la mirada hacia él.

—¡Si me comparo contigo, sí!

—Por tanto, no tendrá tanta importancia que pierda mucho tiempo.

—Así es como hay que verlo —dijo Pemberton complacientemente.

Guardaron silencio un momento, tras el cual el niño preguntó:

—¿Aprecia mucho a mi padre y a mi madre?

—Por supuesto. Son gente encantadora.

Morgan recibió esto con un nuevo silencio; después, de manera inesperada, con familiaridad pero, al mismo tiempo, cariñosamente, comentó:

—¡Menudo farsante está hecho usted!

Por alguna razón concreta aquellas palabras hicieron que nuestro joven cambiase de color. El muchacho se dio cuenta al instante de que su tutor había enrojecido, por lo que él también se sonrojó; ambos intercambiaron una larga mirada en la que había conciencia de muchas más cosas de las que normalmente se mencionan, siquiera tácitamente, en semejante relación. Aquella mirada puso a Pemberton en una situación embarazosa; planteaba de manera ambigua un tema que ahora vislumbraba por primera vez y que parecía estar destinado a desempeñar, según se imaginaba y debido a sus peculiares condiciones, un papel tan singular como novedoso en la relación con su discípulo. Más adelante, cuando se dio cuenta de que hablaba con aquel muchacho de un modo en el que pocas veces se debería hablar con niño alguno, recordó aquella conversación tan embarazosa en el banco de Niza como el amanecer de un entendimiento que posteriormente se fue profundizando. Lo que le hizo sentirse entonces tan incómodo fue que, considerándolo su obligación, le dijo a Morgan que podía meterse con él cuanto quisiera, pero que jamás debía criticar a sus padres. Aquello ponía a merced de Morgan la fácil respuesta de que no había soñado meterse con ellos, lo cual era evidentemente cierto, con lo que era Pemberton el que quedaba mal.

—Entonces, ¿por qué soy un farsante por considerarlos encantadores? —preguntó el joven, consciente de que su actitud rozaba la imprudencia.

—Bueno..., es que no son sus padres.

—Te quieren más que a nada en el mundo, no lo olvides nunca —dijo Pemberton.

—¿Por eso le gustan tanto a usted?

—Son muy amables conmigo —contestó Pemberton evasivamente.

—¡Ve cómo es usted un farsante! —exclamó Morgan riéndose y cogiendo a su tutor del brazo. Se recostó sobre él, mirando de nuevo hacia el mar y balanceando sus largas y delgadas piernas.

—No me des patadas en las espinillas —añadió Pemberton al tiempo que pensaba: «¡Maldita sea, no puedo quejarme de ellos al niño!».

—Además hay otra razón —prosiguió Morgan, dejando las piernas quietas.

—¿Otra razón para qué?

—Aparte de que no son sus padres...

—No te entiendo —dijo Pemberton.

—Bueno, ya me entenderá antes de que pase mucho tiempo. ¡Ya lo creo que me entenderá!

Pemberton lo comprendió todo perfectamente antes de que pasara mucho tiempo, pero tuvo que luchar, incluso consigo mismo, antes de confesarlo. Le parecía que el asunto era de lo más extraño para mantener una controversia con el niño. Se sorprendía de no odiar al hijo de los Moreen por haberle hecho entrar en una polémica de esas características. Pero para cuando comenzó a aflorar dicho sentimiento, el pequeño ya estaba unido a él. Morgan era un caso especial y conocerle era aceptarlo incluso en medio de las extrañas circunstancias que lo rodeaban. A Pemberton se le agotaron sus reservas de odio hacia los casos especiales antes de tener conocimiento de lo que ocurría. Cuando por fin lo tuvo, la situación se había complicado hasta límites insospechados. Contraviniendo todos sus intereses, su suerte había quedado ligada a la de Morgan. Ahora ambos tenían que afrontar las cosas juntos. Aquella tarde, en Niza, antes de llegar a casa, el niño le dijo cogiéndole del brazo:

—Bueno, de todos modos, usted se quedará hasta el final.

—¿Hasta el final?

—Hasta que casi hayan acabado con usted.

—¡Tú lo que necesitas es un buen azote! —exclamó Pemberton, atrayendo al niño hacia sí.

IV

Cuando Pemberton llevaba un año viviendo con ellos, el señor y la señora Moreen decidieron, repentinamente, dejar la casa de Niza. Pemberton ya se había acostumbrado a las decisiones precipitadas, después de haber visto como las ponían en práctica a una escala considerable durante dos viajes muy accidentados: uno por Suiza, el primer verano, y el otro a finales de invierno, cuando todos partieron atropelladamente con destino a Florencia y luego, al cabo de diez días, en vista de que les gustaba mucho menos de lo que esperaban, regresaron desordenadamente presas de una misteriosa melancolía. Habían vuelto a Niza «para siempre», según dijeron; pero eso no impidió que, una noche lluviosa y húmeda del mes de mayo, se metieran en un vagón de segunda clase —nunca se sabía en qué clase viajarían—, en el que Pemberton les ayudó a colocar una sorprendente colección de bolsas y bultos. La explicación de aquella maniobra fue que habían resuelto pasar el verano «en algún lugar tonificante»; pero al llegar a París se instalaron en un pequeño piso amueblado -una cuarta planta, en una avenida de tercera categoría, con una escalera maloliente y un portero detestable- y se pasaron los cuatro meses siguientes en la más absoluta indigencia.

La mejor parte de aquella fracasada estancia fue para el tutor y su alumno, quienes, visitando los Inválidos y Nôtre Dame, La Conciergerie y todos los museos, se dieron un centenar de gratificantes paseos. Aprendieron a conocer el París que les interesaba, lo cual les resultó útil, ya que tiempo después volvieron a la ciudad para una estancia más prolongada, cuyo recuerdo se entremezcla hoy confusa y lamentablemente en la memoria de Pemberton con el que conserva de su primera visita. Aún ve los gastados bombachos de Morgan, aquel par de pantalones eternos que no hacían juego con la camisa y que, a medida que el niño iba ganando en centímetros, iban perdiendo color. También recuerda los agujeros que había en sus tres o cuatro pares de calcetines.

Morgan era adorado por su madre, pero nunca fue mejor vestido de lo que era estrictamente necesario; en parte, no cabe duda, por su culpa, pues su aspecto le interesaba tan poco como a un filósofo alemán.

—Mi querido amigo, se te está cayendo la ropa a pedazos —solía decirle Pemberton, con un escéptico reproche, a lo que el niño solía responder, echándole una detenida ojeada de pies a cabeza:

—Mi querido amigo, ¡a usted también! No quiero hacerle sombra. —Pemberton nada podía replicar a aquello: era una afirmación que reflejaba fielmente la realidad. Si bien las carencias de su propio guardarropa constituían un capítulo aparte, no le gustaba que su alumno aparentase ser demasiado pobre. Pasado el tiempo, solía decir:

—Bueno, si somos pobres, ¿por qué, después de todo, no deberíamos parecerlo?

Y se consolaba pensando que había algo un tanto adulto y caballeroso en la sencilla indumentaria de Morgan, diferente del aspecto desordenado propio de los pilluelos que estropean sus cosas jugando.

Pemberton advertía con toda claridad el proceso gradual por el cual la señora Moreen se iba absteniendo hábilmente de renovar el vestuario de su hijo, en la medida en que sus relaciones sociales iban quedando limitadas a los confines del trato que mantenía con su tutor. Ella no hacía nada que los demás no pudieran ver: descuidaba a su hijo porque pasaba desapercibido y después, cuando él puso de manifiesto esta inteligente política, desaconsejó en casa que el niño apareciera en público. La postura de la señora Moreen era bastante lógica: aquellos miembros de su familia que se dejaban ver debían de ser vistosos.

Durante aquella época y en algunas otras, Pemberton fue muy consciente de que él y su pupilo podían llamar la atención: deambulando lánguidamente por el Jardin des Plantes como si no tuvieran dónde ir; sentados, los días de invierno, en las galerías del Louvre, tan sarcásticamente espléndidas para los vagabundos, como si quisieran aprovecharse de su confortable calefacción. Bromeaban sobre ello algunas veces: era el tipo de chistes que iba con el temperamento del niño. Se imaginaban como parte de la vasta y precaria grey que vivía al día en aquella enorme ciudad y fingían sentirse orgullosos de la posición que ocupaban. Eso les enseñaba mucho sobre la vida y les hacía tomar conciencia de la existencia de una especie de hermandad democrática. Si bien Pemberton no podía sentirse solidario con la pobreza de su pequeño compañero (pues a fin de cuentas los afectuosos padres de Morgan no permitirían que su hijo lo pasara realmente mal), el niño sí podía experimentar aquel sentimiento, lo cual venía a ser casi lo mismo. A veces se preguntaba qué pensaría la gente de ellos, y se imaginaba que los miraban con recelo, como si fuera un caso sospechoso de secuestro.

Morgan no podía pasar por un joven patricio acompañado de su preceptor —no iba vestido con suficiente elegancia—, aunque sí podría ser tomado por el enfermizo hermano menor de su acompañante. De vez en cuando Morgan tenía una moneda de cinco francos, y excepto en una ocasión en que compraron un par de corbatas muy bonitas, una de las cuales le obligó a aceptar a Pemberton, lo invertían con científico afán en libros viejos. Aquellos fueron días gloriosos, siempre en los muelles, rebuscando en las polvorientas casetas de los libreros, adosadas a los muros. Tales ocasiones les ayudaban a vivir, porque Pemberton había empezado a quedarse sin sus libros de Inglaterra, ya que se vio obligado a escribir a un amigo para rogarle amablemente que se los llevase a cierto individuo que le daría algo de dinero por ellos.

Aún seguían sin haber disfrutado de las ventajas del verano cuando, en el momento en que se disponían a emprender viaje, el joven tuvo una idea que dio al traste con la copa que los Moreen estaban a punto de llevarse a los labios. Fue el primer estallido, como él lo llamaba, que tenía con sus patronos; su primer intento exitoso —aunque no fue mucho más lejos— de hacer que los Moreen tomaran conciencia de la situación insostenible en la que se hallaba.

Siendo la víspera de un viaje a todas luces costoso, le pareció que era el momento oportuno para realizar una protesta seria, para dar un ultimátum. Por ridículo que sonara, todavía no había tenido ocasión de mantener una entrevista en privado con los padres sin que les interrumpieran, ni con los dos juntos ni con ninguno de ellos por separado. Siempre estaban rodeados de sus hijos mayores, y el pobre Pemberton solía tener su propia pequeña carga a su lado. Era consciente de que en aquella casa la privacidad brillaba por su ausencia; no obstante, seguía manteniendo intactos los escrúpulos que le impedían anunciar, en público, al señor y la señora Moreen, que no podía continuar por más tiempo sin disponer de un poco de dinero. Seguía siendo lo bastante ingenuo como para suponer que Ulick, Paula y Amy desconocían que desde su llegada sólo había recibido ciento cuarenta francos; y era lo bastante magnánimo como para no querer comprometer a los padres ante sus hijos. El señor Moreen le prestó atención, pues como hombre de mundo que era siempre escuchaba todo cuanto tuvieran que decirle. Mientras atendía a Pemberton daba la impresión de estarle pidiendo —aunque, por supuesto, no de una manera burda— que tratase de tener un poco más de entereza. Pemberton reconoció, de hecho, lo importante que era tener carácter, al ver lo útil que le resultaba tal actitud al señor Moreen, ya que ni siquiera se mostraba confundido o avergonzado, en tanto que el pobre joven a su servicio lo estaba más de lo que requerían las circunstancias. Tampoco se mostraba sorprendido, al menos no más de lo necesario en un caballero que libremente se confesaba un tanto desconcertado, aunque no estrictamente por causa de Pemberton.

—Tenemos que ocuparnos de esto, ¿no te parece, querida? —le dijo a su esposa. Le aseguró a su joven amigo que dedicaría al asunto toda su atención; y desapareció de la vista tan escurridizamente como si no tuviese más remedio que atravesar la puerta, pese a no desearlo.

Cuando momentos después, Pemberton se encontró a solas con la señora Moreen le oyó decir «claro, claro», al tiempo que se acariciaba el mentón con la apariencia de que su única duda consistía en elegir entre una docena de remedios fáciles. Si bien no hicieron el viaje, el señor Moreen pudo, al menos, desaparecer por espacio de varios días. Durante la ausencia de éste, su esposa abordó el asunto de nuevo de manera espontánea, pero su única innovación consistió en decir que siempre había pensado que se llevaba a las mil maravillas con el tutor. La respuesta de Pemberton ante aquella revelación fue que a menos que pusieran inmediatamente una suma sustanciosa en su cuenta los dejaría para siempre. Sabía que ella se preguntaría cómo iba a arreglárselas para marcharse y por un momento temió que lo hiciese. Afortunadamente no lo hizo, y Pemberton se sintió casi agradecido hacia ella, ya que apenas hubiera podido responder.

—No lo hará, usted sabe que no lo hará..., está demasiado interesado —

replicó ella—. Sí, está demasiado interesado, lo sabe usted de sobra. —Se rio con una malicia casi condenatoria, como si le estuviera haciendo un reproche, aunque no quiso insistir, y agitó un sobado pañuelo de bolsillo ante él.

Pemberton estaba firmemente decidido a abandonar la casa la semana siguiente. Eso le daría margen para recibir respuesta a la carta que había enviado a Inglaterra. Si no lo hizo, es decir, si se quedó otro año y después se ausentó sólo por espacio de tres meses, no fue sólo porque antes de recibir respuesta a su carta (que resultó poco satisfactoria), el señor Moreen le entregó generosamente, de nuevo con todas las precauciones propias de un hombre de mundo, trescientos francos de oro. Pemberton se exasperó al comprobar que la señora Moreen estaba en lo cierto, que le resultaba muy difícil dejar al niño. Esto se hizo más patente por la sencilla razón de que, la noche que hizo el llamamiento desesperado a sus patronos, fue consciente por primera vez de la posición en que se encontraba. ¿No era acaso una prueba más del éxito con que sus patronos practicaban sus artes el hecho de que hubieran logrado evitar durante tanto tiempo el destello iluminador? La luz se hizo sobre nuestro amigo con una intensidad tal que un espectador seguramente la habría juzgado excesivamente cómica, cuando ya había regresado a su pequeña y modesta estancia, que daba a un patio cerrado y tenía enfrente una pared sucia y desnuda que recogía con agudo estruendo el reflejo de las iluminadas ventanas traseras. Simplemente se había puesto en manos de una banda de aventureros. Aquella idea, esa palabra por sí sola, le hacía sentir una especie de horror romántico, a él, cuya vida siempre había discurrido por unas coordenadas tan estables. Más adelante la idea asumió un aspecto más interesante, casi tranquilizador: aquello encerraba una moraleja y a Pemberton le gustaban las moralejas. Los Moreen eran aventureros no sólo porque no pagaran sus deudas o porque vivieran a costa de la sociedad, sino porque su visión de la vida, turbia, confusa e instintiva, como esa de los animales inteligentes y ciegos a los colores, era especulativa, voraz y miserable. ¡Oh! Eran «respetables», y eso sólo los hacía más inmundos. El análisis del joven, mientras lo rumiaba, lo puso de manifiesto de modo muy simple: eran aventureros porque eran unos abyectos esnobs. Aquella era la manera más adecuada de definirlos, la ley que regía sus vidas. Incluso después de haber comprendido tamaña verdad, el preceptor siguió sin ser consciente de lo mucho que su mente se había preparado para ello gracias a aquel extraordinario niño que ahora había pasado a ser una complicación en su vida. Mucho menos podía prever Pemberton entonces la sabiduría que todavía le debía a aquel extraordinario pequeño.

V

Pero fue tiempo después cuando afloró el verdadero problema, la preocupación de hasta qué punto resulta justificable discutir la inmoralidad de sus padres con un niño de doce, de trece, de catorce años. Lógicamente, al principio le pareció algo absolutamente inexcusable e imposible del todo punto. Bien es verdad que la cuestión no apremió durante un tiempo, después de que Pemberton recibiera sus trescientos francos. La entrega del dinero dio paso a una especie de tregua, un alivio frente a las presiones más acuciantes. Pemberton corrigió frugalmente su vestuario e incluso disponía de unos pocos francos en el bolsillo. Pensó que los Moreen le miraban como si vistiera con demasiada elegancia, como si pensaran que deberían evitar mimarle en demasía. De no haber sido el señor Moreen tan hombre de mundo tal vez hubiera dicho algo de sus corbatas. Pero el señor Moreen siempre estaba muy en su papel de hombre de mundo y dejaba estar las cosas. Realmente lo había demostrado a las claras.

Era curioso que Pemberton hubiera adivinado que Morgan, aun cuando no decía nada al respecto, supiera que había pasado algo. Pero trescientos francos, sobre todo cuando se debe dinero, no podían durar eternamente; y cuando se acabó el tesoro —el chico supo cuándo se terminó— Morgan rompió el silencio. La familia había regresado a Niza a principios de invierno, aunque no a la encantadora casa de campo. Se instalaron en un hotel en el que se quedaron tres meses, y después se trasladaron a otro establecimiento, explicando que habían dejado el primero porque, tras mucho esperar, no les habían proporcionado las habitaciones que querían. Tales aposentos, sus ansiadas habitaciones, eran por lo general de lo más espléndido; pero afortunadamente nunca se las daban. Afortunadamente para Pemberton, quiero decir, pues éste siempre se hacía la reflexión de que si se las llegaran a dar quedaría aún menos dinero para gastos en educación. Lo que Morgan dijo por fin, fue dicho repentinamente, sin venir a cuento, cuando llegó el momento, en medio de una clase, y su contenido fueron estas palabras aparentemente indiferentes.

—Debería usted filer, ¿sabe? De veras debería hacerlo.

Pemberton se le quedó mirando fijamente. Había aprendido el suficiente argot francés de Morgan como para saber que filer significaba salir pitando.

—¡Ah, mi querido muchacho, no me despidas!

Morgan cogió un diccionario de griego —utilizaba un diccionario griego— alemán para buscar una palabra, en vez de preguntársela a Pemberton.

—Usted sabe que no puede seguir así,

—¿Seguir cómo, pequeño?

—Sin que le paguen —continuó Morgan, ruborizándose y pasando las hojas.

—¿Que no me pagan?

Pemberton le miró fijamente de nuevo y fingiendo asombro, continuó:

—¿Quién diablos te ha metido eso en la cabeza?

—Lleva así mucho tiempo —contestó el niño, prosiguiendo su búsqueda.

Pemberton guardó silencio, y a continuación dijo:

—Me pregunto qué estás buscando. Me pagan magníficamente.

—Estoy buscando cómo se dice en griego «falsedad manifiesta».

—Más vale que busques «impertinencia grosera» y que dejes descansar a tu mente. ¿Para qué quiero el dinero?

—¡Ah, ésa es otra cuestión!

Pemberton dudó..., sentía impulsos encontrados. Lo correcto hubiera sido decirle al niño que aquel asunto no era de su incumbencia y que siguiera traduciendo. Pero la relación que mantenían era demasiado estrecha como para hacer tal cosa; no era el modo en que estaba acostumbrado a tratarle; no había habido razón para que así fuera. Por otra parte, lo que Morgan había dicho era completamente cierto... En realidad, no hubiera podido seguir ocultándoselo mucho tiempo; por tanto, ¿por qué no hacerle saber las auténticas razones para abandonarlo? Al mismo tiempo no era decente hablarle mal a un alumno de su propia familia; era mejor tergiversar las cosas que hacer eso. Así que, en respuesta a la última exclamación de Morgan, simplemente declaró, para zanjar el asunto, que había recibido varios pagos.

—¡Ya, ya! —exclamó el pequeño, riéndose.

—Ya basta —insistió Pemberton—. Dame tu traducción.

Morgan le pasó el cuaderno desde el otro lado de la mesa, y su tutor comenzó a leer la página, pero algo que le andaba rondando por la cabeza le impedía encontrar sentido a lo que leía. Al alzar la vista, al cabo de un par de minutos, se encontró con los ojos del niño clavados en él y percibió en ellos algo extraño. Entonces Morgan dijo:

—No me da miedo la cruda realidad.

—Todavía no he visto ninguna cosa que te dé miedo. ¡Te hago justicia al decirlo!

Se lo soltó de sopetón —era totalmente cierto— y a Morgan le produjo un evidente placer.

—He pensado mucho en ello —insistió Morgan.

—Pues no lo pienses más.

El niño pareció conformarse, y reanudaron una agradable, e incluso divertida clase. Tenían la teoría de que las lecciones eran muy concienzudas y, sin embargo, siempre parecían encontrar la parte divertida del asunto. No obstante, la mañana tuvo un final violento cuando Morgan, apoyando de repente los brazos en la mesa, hundió su cabeza en ellos y estalló en lágrimas. Pemberton se sobresaltó mucho, según consideró más tarde, porque era la primera vez que veía llorar al niño y la impresión que le causó fue absolutamente brutal.

Al día siguiente, después de pensarlo mucho, tomó una decisión y, creyendo que era justa, puso manos a la obra inmediatamente. Arrinconó al señor y a la señora Moreen de nuevo y les hizo saber que si no le pagaban todo lo que le debían en aquel mismo momento, no sólo se marcharía de su casa sino que le diría a Morgan el motivo exacto que le había llevado a hacerlo.

—¿De modo que no se lo ha dicho? —exclamó la señora Moreen poniendo una mano pacificadora sobre su bien vestido regazo.

—¿Sin advertírselo a ustedes? ¿Por quién me toman?

El señor y la señora Moreen se miraron y Pemberton notó que se sentían aliviados, pero que al mismo tiempo latía una cierta alarma en su alivio.

—Mi querido amigo —comenzó el señor Moreen—, ¿qué uso podría usted dar a tanto dinero, con una vida tan tranquila como la que llevamos?

Una pregunta a la que Pemberton no respondió, ocupado como estaba en comprender que lo que pasaba por la cabeza de sus patronos era algo parecido a esto: «Oh, entonces, si pensábamos que el niño, querido angelito, nos había juzgado por la manera en que nos mira, y no hemos sido traicionados, entonces es que debe haber llegado por sí mismo a esa conclusión..., y a fin de cuentas... ¡es algo que se nota! Esta idea impresionó bastante a los Moreen, cosa que Pemberton deseaba. Al mismo tiempo, si había supuesto que su amenaza iba a servir de algo, se decepcionó al comprobar que daban por hecho —¡qué vulgar resultaba su perspicacia! — que ya los había descubierto a los ojos de su alumno. El corazón de los Moreen abrigaba esa inquietud, y eso explicaba sus suposiciones. No obstante, la amenaza del preceptor les conmovió pues, si bien habían logrado salir indemnes de este peligro, era únicamente para enfrentarse a uno nuevo.

El señor Moreen, como de costumbre, apeló a Pemberton, en su calidad de hombre de mundo; pero su esposa recurrió, por primera vez desde la llegada del joven, a una elegante prepotencia, recordándole que una madre devota de su hijo contaba con artes que la protegían contra las burdas tergiversaciones de la realidad.

—¡Sería una grosera tergiversación de la realidad que yo la acusase de ser honrada! —replicó el joven; pero cuando cerraba bruscamente la puerta tras de sí, pensando que no se había hecho mucho bien a sí mismo, al tiempo que el señor Moreen encendía otro cigarrillo, oyó gritar a su anfitriona, a su espalda, de manera más conmovedora:

—¡Pues hágalo, hágalo, póngame un cuchillo en la garganta!

A la mañana siguiente, muy temprano, ella se presentó en su habitación. La reconoció por su forma de llamar, pero no tenía ninguna esperanza de que fuese con el dinero; se equivocaba, puesto que ella llevaba cincuenta francos en la mano. Entró en bata y él la recibió con una prenda parecida, en el espacio que quedaba entre la bañera y su cama. A esas alturas ya estaba tolerablemente habituado a las «costumbres extranjeras» de sus anfitriones. La señora Moreen era una persona vehemente y cuando se dejaba llevar por su carácter no se fijaba en lo que hacía; así que se sentó en su cama, ya que las ropas de Pemberton ocupaban las sillas, y, en medio de su preocupación, se olvidó, al echar un vistazo en torno a la estancia, de sentirse avergonzada por haberle alojado en un aposento tan deplorable. Lo que había despertado la furia de la señora Moreen en aquella ocasión era el deseo de convencerle de que, en primer lugar, era muy bondadosa por traerle cincuenta francos y, en segundo lugar, de que, si se paraba un momento a pensarlo, era absurdo esperar que le pagaran. ¿Es que acaso no se sentía bien pagado, dejando al margen el eterno dinero, disfrutando de aquella lujosa y cómoda casa junto a ellos, sin ninguna preocupación, sin ninguna inquietud, sin una sola necesidad? ¿No se sentía seguro en su posición, y no bastaba aquello para un joven como él, completamente desconocido, que tenía tan poco que ofrecer y sí unas pretensiones desorbitadas que no resultaba fácil descubrir en qué se basaban? Y, por encima de todo, ¿no se sentía suficientemente recompensado con la maravillosa relación que había establecido con Morgan —la relación ideal entre un maestro y su discípulo— y con el mero privilegio de conocer y vivir con un niño tan asombrosamente dotado; y cuya compañía (y lo dijo firmemente convencida) no la había mejor en toda Europa? La señora Moreen se dirigía a él como hombre de mundo; le decía: Voyons, mon cher, y «Mi distinguido señor, fíjese en esto», y le instaba a ser razonable, exponiéndole que en realidad aquella era una gran oportunidad que se le brindaba. Hablaba como si, en la medida en que fuera razonable, demostraría ser digno del honor de ser el tutor de su hijo, así como de la extraordinaria confianza que en él habían depositado.

Después de todo, reflexionó Pemberton, se trataba únicamente de una diferencia de criterio y los criterios no importaban mucho. Hasta la fecha, habían optado por la teoría de la remuneración, y a partir de ahora optarían por la del servicio gratuito; ¿pero por qué habían de malgastar tantas palabras para ello? La señora Moreen persistía en su empeño de resultar convincente; sentada allí, con los cincuenta francos en la mano, hablaba y se repetía, como se repiten las mujeres, aburriéndole e irritándole, mientras él permanecía apoyado contra la pared, con las manos en los bolsillos de la bata, juntándolas en torno a las piernas y mirando por encima de la cabeza de su visitante los marcos grises de su ventana. La señora Moreen concluyó irritada:

—Como verá, vengo con una propuesta definitiva.

—¿Una propuesta definitiva?

—Regularizar nuestras relaciones, por decirlo así... asentarlas sobre una base cómoda.

—Ya entiendo... es un sistema —dijo Pemberton—. Una especie de chantaje organizado.

La señora Moreen se puso tensa, que era exactamente lo que el joven quería.

—¿Qué quiere decir con eso?

—Usted utiliza el miedo que uno siente..., miedo de lo que le ocurriría al niño si uno se marchase.

—Y, dígame, se lo ruego, ¿qué le ocurriría al niño si se diera ese supuesto? —preguntó ella con aire majestuoso.

—Pues que se quedaría solo con ustedes.

—Y, dígame, por favor ¿con quién debería estar un niño si no es con las personas a las que más quiere?

—Si eso es lo que piensa, ¿por qué no me despide?

—¿Pretende dar a entender que le quiere a usted más que a nosotros? —gritó la señora Moreen.

—Creo que debería ser así. Yo me sacrifico por él. Aunque he oído hablar de los sacrificios que hacen ustedes, yo no los he visto.

La señora Moreen le miró fijamente un momento; después, emocionada, tomó a Pemberton de la mano.

—¿Hará usted... el sacrificio?

Pemberton estalló en una carcajada.

—Ya veré..., haré lo que pueda..., me quedaré un poco más. Su cálculo es acertado: me resulta profundamente insoportable la idea de dejar al niño; le tengo cariño y me interesa mucho, a pesar de los inconvenientes que vengo soportando. Usted conoce perfectamente mi situación. No tengo ni un solo penique y, ocupado como estoy con Morgan, no puedo ganar dinero.

La señora Moreen se dio unos golpecitos en su brazo desnudo con el billete doblado.

—¿No puede escribir artículos? ¿No puede traducir, como hago yo?

—En cuanto a las traducciones, no sé; están muy mal pagadas.

—Yo me alegro de ganar lo que puedo —dijo la señora Moreen con aire virtuoso y la cabeza alta.

—Debería decirme para quién las hace, —Pemberton hizo una pausa y ella no dijo nada, por lo que continuó—: He intentado que me publicaran algunas cosas, pero las revistas no las aceptan..., me las devuelven dándome las gracias.

—Ya ve entonces que no es usted ningún fénix —apuntó su interlocutora con una sonrisa— como para fingir que está sacrificando su talento por nuestra causa.

—No dispongo de tiempo para hacer las cosas adecuadamente —prosiguió Pemberton. Entonces, como si de repente se le hubiera ocurrido que dar aquellas explicaciones era de una buena voluntad casi despreciable, añadió—: Si me quedo más tiempo ha de ser con una condición: que Morgan sepa claramente cuál es mi situación.

La señora Moreen objetó.

—¿No querrá usted alardear delante del niño?

—¿Se refiere a airear cómo son ustedes?

La señora Moreen dudó de nuevo, pero esta vez fue para ofrecer una flor aún más delicada:

—¡Y es usted el que habla de chantaje!

—Puede evitarlo fácilmente —dijo Pemberton.

—Y es usted el que habla de utilizar el miedo —prosiguió valientemente la señora Moreen.

—Sí, no hay duda de que soy un grandísimo sinvergüenza.

La mujer lo miró a los ojos un momento; era evidente que se sentía profundamente molesta. Entonces le tendió el dinero.

—El señor Moreen quiere que le dé esto a cuenta.

—Se lo agradezco mucho al señor Moreen; pero no tenemos ninguna cuenta.

—¿No quiere cogerlo?

—Así soy más libre —dijo Pemberton.

—¿Para envenenar la mente de mi querido hijo? —gimió la señora Moreen.

—¡Oh, la mente de su hijo querido! —se rio el joven.

Ella clavó en él su mirada, y Pemberton pensó que iba a estallar atormentadamente, suplicando: «Por el amor de Dios, ¡dígame qué pasa por su mente!». Pero la señora Moreen refrenó aquel impulso..., ya que sintió otro más poderoso. Se guardó el dinero en el bolsillo —la crudeza de la alternativa resultaba cómica— y salió apresuradamente de la habitación, haciendo una concesión desesperada:

—¡Puede contarle todos los horrores que quiera!

VI

Un par de días después de aquello, durante los cuales Pemberton no hizo uso del permiso que le había concedido la señora Moreen para contarle a su hijo los horrores que quisiera, tutor y alumno llevaban paseando un cuarto de hora, cuando el niño volvió a mostrarse comunicativo, haciendo la siguiente observación:

—Le diré cómo lo sé; lo sé por Zénobie.

—¿Zénobie? ¿Y quién diablos es Zénobie?

—Una niñera que tuve hace muchísimos años. Una mujer encantadora. Me gustaba muchísimo, y yo a ella.

—Sobre gustos no hay nada escrito. ¿Qué es lo que sabes por ella?

—Pues cuál es la idea que tienen mis padres. Ella se fue porque no le pagaban. Me quería mucho y se quedó dos años. Me lo contó todo; que al final nunca le pagaban su sueldo. En cuanto se dieron cuenta de que me había cogido mucho cariño, dejaron de pagarla. Pensaron que se quedaría a cambio de nada, por afecto. Y se quedó muchísimo tiempo..., todo lo que pudo. Era una muchacha pobre. Le mandaba dinero a su madre. Al final ya no pudo aguantar aquella situación y se marchó una noche, terriblemente furiosa; quiero decir, por supuesto, enfadada con ellos. Me abrazó y empezó a llorar desesperadamente, me abrazó tan fuerte que casi me ahoga. Me lo contó todo —repitió Morgan—. Me contó el plan que tenían mis padres. Por eso pienso, desde hace mucho tiempo, que habrán tenido esa misma pretensión con usted.

—Zénobie era muy perspicaz —dijo Pemberton—. Y te lo pegó a ti.

—Oh, eso no fue cosa de Zénobie; fue la naturaleza. ¡Y la experiencia! —rio Morgan.

—Bueno, Zénobie formó parte de tu experiencia.

—¡Sin duda, yo formé también parte de la suya, pobre—cita! —suspiró sabiamente el pequeño—. Y formó parte de la de usted.

—Una parte muy importante. Pero no sé de dónde te sacas que me han tratado como a Zénobie.

—¿Me toma por idiota? —preguntó Morgan—. ¿Es que acaso cree que no soy consciente de lo que hemos pasado juntos?

—¿Qué hemos pasado?

—Privaciones..., días oscuros...

—Oh, nuestros días han sido bastante brillantes.

Morgan guardó silencio un momento. Acto seguido dijo:

—Mi querido amigo, ¡es usted un héroe!

—¡Y tú otro! —replicó Pemberton.

—No, no lo soy; pero tampoco me chupo el dedo. No lo soportaría mucho más. Debe usted encontrar alguna ocupación remunerada. ¡Estoy avergonzado, estoy avergonzado! —dijo el muchacho con una vocecilla tan temblorosa y apasionada que conmovió profundamente a Pemberton.

—Deberíamos escaparnos e irnos a vivir juntos a alguna parte —sugirió el joven.

—Me iré como un tiro si usted me lleva.

—Yo conseguiría algún trabajo que nos mantuviera a flote —continuó Pemberton.

—Yo también. ¿Por qué no habría de trabajar yo? ¡No soy ningún cretino!

—La dificultad estriba en que tus padres no querrían ni oír hablar de ello. Nunca se separarían de ti; veneran el suelo que pisas. ¿No ves la prueba que dan de ello? No les caigo mal; no me desean ningún mal; son gente muy amable, pero están totalmente dispuestos a exponerme a cualquier dificultad en la vida por tu bien.

El silencio con que Morgan reaccionó ante aquel sutil sofisma le pareció a Pemberton, por alguna razón, muy expresivo. Un momento después, el niño repitió:

—Es usted un héroe.

Y agregó a continuación:

—Me dejan totalmente en sus manos. Depositan en usted toda la responsabilidad. Estoy con usted de la mañana a la noche. ¿Entonces, por qué habrían de oponerse a que se encargara de mí por completo? Yo le ayudaría.

—No se sienten especialmente deseosos de que se me ayude, y les encanta pensar que les perteneces. Están francamente orgullosos de ti.

—Yo no me siento orgulloso de ellos. Pero eso ya lo sabe usted —repuso Morgan.

—Si dejamos al margen el asunto que nos ocupa, son gente encantadora —continuó Pemberton, sin asumir la imputación de lucidez que se le hacía, aunque se quedó muy pensativo por los indicios que de aquella cualidad mostraba el niño, y especialmente por la última de ellas que le hizo recordar algo de lo que había sido consciente desde el principio: el rasgo más extraño de la enorme personalidad de su pequeño amigo, un temperamento, una sensibilidad, incluso una especie de ideal, que le hacía repudiar en privado la pasta de la que estaba hecha su familia. Morgan poseía un secreto, una pequeña arrogancia que lo había vuelto perspicaz acerca de la mezquindad revelada; así como un sentido crítico para las actitudes que le rodeaban de manera inmediata, que no tenía precedente alguno en la naturaleza juvenil, especialmente cuando uno se daba cuenta de que aquello no había vuelto su naturaleza anticuada, utilizando un término adecuado para un niño. No había tampoco enrarecido o marchitado su naturaleza, ni la había convertido en algo ofensivo. Era como si Morgan fuera un pequeño caballero y hubiera pagado un castigo por descubrir que era la única persona así de su familia. La comparación no le hizo vanidoso, pero podía volverle melancólico y triste. Cuando Pemberton adivinó aquellos puntos oscuros, propios de la edad, vio a Morgan como a alguien circunspecto y valeroso, sintiéndose al mismo tiempo atraído y paralizado, como si tuviera algún escrúpulo, por el encanto que suponía intentar sondear las frías profundidades de su alma, que si bien por el momento no eran demasiado hondas iban ganando rápidamente terreno en su interior. Cuando intentó representarse el escrúpulo matutino de la niñez, para tratarlo de un modo seguro, se percató de que no era posible fijarlo, que tenía un carácter eternamente cambiante, de que la ignorancia, en el instante en que uno la toca, se convierte en conocimiento; de que no había nada que, en un momento dado, un niño inteligente no supiera. Le daba la impresión de que él mismo sabía demasiado como para comprender la inocencia de Morgan y demasiado poco como para desenredar la maraña de su personalidad.

El niño no prestó atención a su último comentario; simplemente continuó diciendo:

—Debería haber hablado con ellos de su idea, como la llamo, hace mucho, si no hubiera estado seguro de lo que me habrían dicho.

—¿Qué te habrían dicho?

—Exactamente lo mismo que dijeron de lo que me había contado la pobre Zénobie; que era una historia horrible y espantosa, que le habían pagado hasta el último céntimo que le debían.

—Bueno, tal vez lo hicieran —dijo Pemberton.

—¡A lo mejor es verdad que le han pagado a usted!

—Hagamos como que es así, y n'en parlons plus.

—La acusaron de ser una mentirosa y una estafadora —insistió Morgan con malicia—. Por eso no quiero hablar con ellos.

—¿Para que no me acusen a mí también?

Morgan no respondió a esto y su acompañante, mirándole —el niño había apartado los ojos, que tenía llenos de lágrimas—, comprendió que su pupilo no habría sido capaz de decir nada sin perder el control.

—Tienes razón. No les preocupes —prosiguió Pemberton—. Exceptuando eso, son gente encantadora.

—Exceptuando que ellos son los mentirosos y los estafadores.

—¡Ya, ya! —exclamó Pemberton, imitando una muletilla del muchacho que era, a su vez, una imitación.

—Tenemos que ser sinceros hasta el final; debemos llegar a un entendimiento —dijo Morgan, con la importancia del niño pequeño que cree estar arreglando grandes asuntos, casi como si estuviera jugando a los naufragios o a los indios—. Estoy al corriente de todo —añadió.

—Tal vez tu padre tiene sus razones —comentó Pemberton con excesiva vaguedad, de la que era consciente.

—¿Para mentir y estafar?

—Para ahorrar, gestionar y dar a los recursos de que dispone el mejor destino posible. Necesita el dinero para muchas cosas. Sois una familia que sale muy cara.

—Sí, yo salgo muy caro —saltó Morgan de un modo que hizo reír a su tutor.

—Ahorra para ti —prosiguió Pemberton—. Te tienen en cuenta en todo lo que hacen.

—Pues debería ahorrar un poco de... —el muchacho hizo una pausa, y su amigo esperó a ver qué decía. Entonces Morgan añadió algo extraño: —...un poco de reputación.

—Oh, de eso hay mucho. ¡No hay problema!

—Hay bastante para la gente que conocen, sin duda. Conocen a una gente horrible.

—¿Te refieres a los príncipes? No debemos hablar mal de los príncipes.

—¿Por qué no? No se han casado con Paula; no se han casado con Amy. Todo lo que hacen es desplumar a Ulick.

—¡Lo sabes todo! —exclamó Pemberton.

—No, a fin de cuentas, no lo sé. ¡No sé de qué vive mi familia, ni cómo vive, ni por qué vive! ¿Qué tienen y cómo lo han conseguido? ¿Son ricos, son pobres o tienen un discreto pasar? ¿Por qué siempre están dando tumbos, viviendo un año como embajadores y el siguiente como mendigos? ¿Quiénes son, en fin, y qué son? He pensado en todo eso. He pensado en muchas cosas. Son tan brutalmente mundanos. Eso es lo más odioso de todo... oh, ¡qué espectáculo! Lo único que les importa es aparentar y hacerse pasar por esto y por lo otro. ¿Qué demonios quieren aparentar que son? ¿Qué, señor Pemberton?

—Haz una pausa para que te conteste —dijo Pemberton, fingiendo tomarse el interrogatorio a broma, aunque él también se hacía esas mismas preguntas y se había quedado profundamente impresionado por la aguda visión, si bien imperfecta, de su alumno—. No tengo ni la menor idea.

—¿Y de qué les sirve? ¿No ha visto cómo les trata la gente —la gente «decente», a la que desean conocer? —. Aceptarían cualquier cosa de ellos..., se tumbarían en el suelo y se dejarían pisotear. A las personas «decentes» eso les resulta odioso, mis padres los enferman. Usted es la única persona decente de verdad que conocemos.

—¿Estás seguro? ¡Tus padres no se echan al suelo para que yo les pase por encima!

—Bueno, tampoco quiero que se eche usted al suelo para que ellos le pasen por encima. Debe marcharse..., eso es lo que tiene que hacer —insistió Morgan.

—¿Y qué va a ser de ti?

—Oh, yo me estoy haciendo mayor. Me marcharé dentro de no mucho tiempo. Más adelante volveré a verle a usted.

—Sería mejor que me dejaras «acabarte» —le instó Pemberton,

prestándose a aceptar los términos del extrañamente lúcido planteamiento del niño.

Morgan dejó de caminar y levantó la vista hacia su tutor. Tenía que levantarla mucho menos que hacía dos años. Enjuto y desgarbado, el muchacho había crecido y estaba muy alto y delgado.

—¿Acabarme? —preguntó.

—Todavía nos quedan por hacer muchas cosas divertidas. Deseo concluir mi labor contigo..., quiero que me des crédito.

Morgan continuó mirándolo.

—¿Qué le dé crédito, eso es lo que quiere?

—Mi querido muchacho, eres demasiado inteligente para seguir con vida,

—Eso es precisamente lo que temo que piensa usted. No, no; no está bien..., no lo puedo soportar. Nos separaremos la semana que viene. Cuanto antes se acabe esto, antes podré descansar.

—Si me entero de algo... de alguna otra oportunidad, te prometo que me iré —dijo Pemberton.

Morgan consintió en tomar aquello en cuenta.

—Pero ha de ser honrado —exigió—. Si sabe de algo no fingirá.

—Es mucho más probable que finja saber algo.

—¿Pero de qué va a enterarse estando así, metido en un agujero con nosotros? Debería estar sobre el terreno, irse a Inglaterra..., marcharse a América.

—¡Cualquiera diría que eres mi tutor! —exclamó Pemberton.

Morgan siguió caminando y al cabo de un momento volvió a la carga:

—Bueno, ahora que ya sabe que yo lo sé, y que hemos afrontado los hechos y no nos ocultamos nada. ¿No se siente mucho más cómodo?

—Querido muchacho, es tan divertido, tan interesante, que seguramente me resultará totalmente imposible renunciar a estos buenos ratos que pasamos juntos.

Esto hizo que Morgan se detuviese una vez más.

—Me está usted ocultando algo. ¡Oh, usted no está siendo franco conmigo, yo sí!

—¿Por qué no soy franco?

—¡Usted también se ha formado su propia idea!

—¿Mi idea?

—Pues que probablemente no sobreviva y que podrá usted aguantar hasta que yo falte.

—¡Eres demasiado inteligente para seguir con vida! —repitió Pemberton.

—Ésa es una idea mezquina —prosiguió Morgan—, Pero se la haré pagar mientras me queden fuerzas.

—¡Ten cuidado no vaya a envenenarte! —se rio Pemberton.

—Cada año estoy mejor y más fuerte. ¿No se ha dado cuenta de que no ha habido ningún médico cerca de mí desde que usted llegó?

—Yo soy tu médico —dijo el joven, cogiéndole del brazo y atrayéndolo hacia sí de nuevo.

Morgan siguió andando y unos pasos después dio un suspiro, mezcla de cansancio y alivio.

—Ah, ahora que hemos afrontado los hechos, todo va bien.

VII

Después de aquella charla pasaron mucho tiempo afrontando los hechos, y una de las primeras consecuencias de tal actitud fue que Pemberton siguió aguantando, en la jerga de su amigo, a tal propósito. Morgan hacía que los hechos fueran tan vividos y graciosos, por un lado, y tan feos y anodinos, por otro, que le resultaba fascinante comentarlos con él, de la misma manera que hubiera sido una crueldad dejarlo a solas con ellos. Ahora que compartían tantas confidencias era inútil que fingieran no haber juzgado a aquella gente; pero el mero juicio y el intercambio de impresiones creó otro vínculo. Morgan jamás le había resultado tan interesante como ahora que él mismo se hacía más accesible a la luz que aquellas revelaciones arrojaban sobre su personalidad. Lo que más se reveló en él fue su orgullo característico. A Pemberton le daba la sensación de que el daño eran mucho, tanto que tal no fuera negativo el hecho de que hubiera sufrido algunos impactos a una edad tan temprana. A Morgan le hubiera gustado que su gente fuera más valiente, y tuvo que sufrir en carne propia, demasiado pronto, la sensación de que su familia estaba permanentemente reconociendo sus errores. Su madre tenía una enorme capacidad para hacerlo, y su padre aún más que su madre. Sospechaba que Ulick se había librado por los pelos de un «asunto» en Niza. Una noche hubo en casa mucho revuelo y un pánico considerable, después de lo cual todos se fueron a la cama y cargaron con las consecuencias. No cabía otra suposición.

Morgan tenía una imaginación romántica, que se alimentaba de poesía e historia, y le hubiera gustado que quienes «llevaban su nombre» —como solía decirle a Pemberton, haciendo gala de un humor que hacía de su sensibilidad algo tan adulto— tuvieran más arrojo. Pero en lo único en que pensaban era en conocer a gente que no necesitaba de ellos y en tomarse los desaires como si fueran honrosas cicatrices. Por qué la gente no los tomaba más en cuenta, era algo que se le escapaba: ése era asunto de la gente. Después de todo, en un trato superficial no resultaban repulsivos; eran cien veces más inteligentes que la mayoría de aquellos personajes tediosos, aquella «pobre gente bien» sobre la que se abalanzaban corriendo tras ellos por toda Europa.

—Después de todo resultan divertidos, ¡de eso no cabe duda! —solía exclamar con su sabiduría ancestral. A lo cual Pemberton siempre replicaba:

—¿Divertida la gran troupe de los Moreen? Son de lo más encantador. Y si no fuera porque tú y yo somos un estorbo (¡somos tan malos intérpretes!) para el conjunto, se llevarían todo por delante.

Lo que el muchacho no podía superar era el hecho de que aquella lacra particular le parecía tan inmerecida como arbitraria en el seno de una tradición caracterizada por la dignidad. No cabe duda de que la gente tenía derecho a elegir la línea de conducta a seguir, pero, ¿por qué razón su familia había elegido el arribismo, la adulación, la mentira y la estafa? ¿Qué les habían hecho sus antepasados —todos ellos personas decentes, hasta donde él sabía? ¿Qué les había hecho él? ¿Quién les había envenenado la sangre con aquel ideal de quinta categoría, la idea fija de conocer a gente distinguida e introducirse en el mundo elegante, sobre todo teniendo en cuenta que estaban condenados de antemano a fracasar y a quedar en evidencia? ¡Dejaban ver tan a las claras lo que buscaban!: ésa era la causa de que la gente los rechazara. Y nunca exteriorizaban un gesto de dignidad, nunca les aguijoneaba la vergüenza al mirarse a la cara, nunca se mostraban ofendidos, asqueados, independientes de los demás. ¡Si por lo menos su padre o su hermano le hicieran morder el polvo a alguien una o dos veces al año! A pesar de lo inteligentes que eran nunca se daban cuenta de la imagen que daban. Tenían buen fondo, sí, ¡tan bueno como los judíos que están a las puertas de las tiendas de ropa! Pero ¿era ése el modelo que alguien desearía que su familia siguiera? Morgan conservaba vagos recuerdos de su viejo abuelo, el materno, en Nueva York, al que habían llevado a que conociera el otro lado del océano cuando tenía cinco años. Era un caballero que usaba cuello de camisa alto y que pronunciaba las palabras con mucho énfasis; que por las mañanas se vestía de frac, lo que le hacía a uno pensar qué se pondría por la noche; y tenía, o se suponía que tenía, «propiedades» y algo que ver con la Sociedad Bíblica. Irremediablemente tenía que ser buena persona. El mismo Pemberton recordaba a la señora Clancy, la hermana viuda del señor Moreen, tan insoportable como uno de esos cuentos con pretensiones moralizantes, que había hecho una visita de quince días a la familia en Niza, poco después de que él se fuera a vivir con ellos. Era «virtuosa y refinada» —tal y como dijo Amy, con el banyo en el regazo— y daba la impresión de no saber en qué consistía el juego de la familia y de que ocultaba algo. Pemberton juzgó que lo que en realidad ocultaba era su desaprobación a muchas de las cosas que hacían. Había que suponer, por tanto, que también ella era buena persona y que al señor y a la señora Moreen, a Ulick, a Paula y a Amy les hubiera resultado fácil ser mejores, de habérselo propuesto.

Pero cada día que pasaba resultaba más evidente que no querían. Seguían «medrando», como decía Morgan, y a su debido tiempo tomaron conciencia de una serie de razones por las que era conveniente viajar a Venecia. Mencionaron muchas: siempre eran sorprendentemente francos y su conversación era agradable y brillante, especialmente cuando desayunaban tarde, de acuerdo con la moda extranjera, antes de que las damas se hubiesen acicalado: entonces, apoyando los brazos en la mesa, tomaban su taza de café, y, en el calor de la discusión familiar acerca de lo que «en realidad deberían hacer», indefectiblemente recurrían a los idiomas en los que podían tutearse.

En aquellos momentos le agradaban incluso a Pemberton: hasta Ulick le resultaba agradable, cuando le oía nombrar con su vocecita monótona la «dulce ciudad marina». Eso era lo que le hacía sentir por ellos una secreta simpatía, que fueran tan ajenos al mundo cotidiano y lograran que él también lo fuese. El verano ya había languidecido cuando, entre exclamaciones de éxtasis, se asomaron todos al balcón que daba al Gran Canal. Las puestas de sol eran espléndidas... habían llegado los Dorrington. Ellos fueron la única razón de la que no hablaron en los desayunos; pero las razones por las que no hablaban en los desayunos siempre acababan saliendo a la luz. Los Dorrington, por el contrario, salían muy poco; pero cuando lo hacían permanecían —como es natural— varias horas fuera. Durante dichos periodos, había ocasiones en que la señora Moreen y sus hijas se presentaban en su hotel —para comprobar si habían vuelto— hasta tres veces consecutivas.

La góndola era para las damas, pues en Venecia también había «días»: la señora Moreen se los había aprendido por orden una hora después de llegar. Ella celebró inmediatamente uno, al que no acudieron los Dorrington. No obstante, en cierta ocasión en que estaban Pemberton y su alumno juntos en San Marcos —en Venecia dedicaron muchísimo tiempo a recorrer cientos de iglesias y a dar los mejores paseos de su vida— vieron aparecer al anciano lord en compañía del señor Moreen y Ulick, quienes le enseñaron la sombría basílica como si fuera de su propiedad. Pemberton reparó en que, en medio de las curiosidades del lugar, lord Dorrington se desenvolvía con un aire mucho menos mundano de lo que sería normal en él, preguntándose si también, por aquel servicio, sus acompañantes le habrían pedido algún dinero. El otoño, en cualquier caso, se esfumó, los Dorrington se marcharon y lord Verschoyle, su primogénito, no había propuesto matrimonio ni a Amy ni a Paula.

Un triste día de noviembre, mientras el viento rugía en torno al viejo palacio y la lluvia azotaba la laguna, Pemberton, en parte para hacer ejercicio, y en parte porque tenía frío —los Moreen eran extremadamente frugales cuando se trataba de encender fuegos, lo que hacía sufrir sobremanera al joven que compartía vivienda con ellos se paseaba arriba y abajo por la enorme sala desnuda en compañía de su alumno. El suelo de escayola estaba frío, los altos y desvencijados marcos de las ventanas temblaban en medio de la tormenta y no había un solo mueble que paliara el continuo deterioro del majestuoso lugar. Pemberton se encontraba decaído y tenía la impresión de que la fortuna de los Moreen estaba en aquellos momentos aún más decaída. Una ráfaga de desolación, un presagio de desgracia y desastre parecían atravesar aquella estancia carente de comodidades. El señor Moreen y Ulick estaban en la Piazza a la espera de que ocurriera algo, vestidos con impermeable, paseando cansinamente bajo los soportales. Pese a su indumentaria, se advertía sin ningún género de dudas que eran hombres de mundo. Paula y Amy estaban en la cama; hubiera podido pensarse que no se levantaban para mantener el calor.

Pemberton miró de reojo al muchacho que tenía a su lado, para ver hasta qué punto era consciente de estos sombríos augurios.

Pero Morgan, por suerte para él, ahora era sobre todo consciente de que cada vez estaba más alto y más fuerte, y de que ya había cumplido los quince años. Este dato era sumamente relevante para él, ya que constituía la base de una teoría personal —que, sin embargo, le había comunicado a su tutor— según la cual en poco tiempo debería ser capaz de valerse por sí mismo. Consideraba que la situación iba a cambiar, en una palabra, que pronto habría acabado su formación, que sería adulto, que podría presentarse en el mundo de los negocios y estaría en condiciones de demostrar su gran valía. Pese a la agudeza con que en ocasiones era capaz de analizar las circunstancias que le rodeaban, como él las llamaba, había horas felices en las que era tan banal como un niño; prueba de ello era su firme convicción de que en breve iría a Oxford, la universidad de Pemberton, donde, asistido y ayudado por éste, haría cosas maravillosas. A Pemberton le apenaba ver lo poco que, para tal proyecto, había tomado en consideración las posibilidades y los medios a su alcance: sobre todo teniendo en cuenta lo escéptico que era al respecto, cuando se trataba de otros asuntos.

Pemberton trataba de imaginarse a los Moreen en Oxford, afortunadamente sin conseguirlo; sin embargo, a menos que toda la familia se trasladara allí, Morgan no dispondría de un modus vivendi.

¿Cómo iba a vivir sin una pensión y de dónde podía salir ésta? El, Pemberton, podía vivir de Morgan, pero ¿cómo iba a vivir Morgan de él? En cualquier caso, ¿qué iba a ser de él? De alguna manera, el hecho de que ya fuera un muchacho mayor, con mejores perspectivas para su salud, añadía cierta dificultad a la cuestión de su futuro. Mientras había sido considerablemente delicado, la consideración que inspiraba parecía ser suficiente respuesta.

Pero en el fondo de su corazón, Pemberton reconocía que el muchacho probablemente sería lo bastante fuerte para sobrevivir, pero no lo suficientemente fuerte para desarrollarse satisfactoriamente. En todo caso, Morgan estaba pasando por una etapa de lozanía natural y juvenil, de modo que el batir de la tempestad le parecía, después de todo, la voz de la vida y el desafío del destino. Llevaba puesto un abrigo raído que le quedaba pequeño, con el cuello subido, pero estaba disfrutando de su paseo.

El paseo se vio finalmente interrumpido por la aparición de su madre en un extremo de la sala. Le hizo una seña a Morgan para que se acercara a ella, y mientras Pemberton observaba, complaciente, cómo su discípulo se perdía en la lejanía, caminando por el falso y húmedo mármol, se preguntaba qué sucedería ahora. La señora Moreen dijo algo al muchacho y le hizo entrar en la habitación de la que acababa de salir ella. A continuación, cuando su hijo hubo cerrado la puerta, dirigió sus pasos con presteza hacia Pemberton.

Efectivamente, algo sucedía, pero ni el más alocado vuelo de su imaginación le habría sugerido lo que resultó ser. La señora Moreen le indicó que había buscado un pretexto para que Morgan no estuviera presente, y acto seguido le preguntó —sin la menor vacilación— si podía prestarle sesenta francos. Antes de estallar en una carcajada, la miró con sorpresa, mientras ella le comunicaba que estaba terriblemente apremiada por el dinero; se sentía desesperada por conseguirlo... le iba la vida en ello.

—Mi querida señora, c'est trop fort —dijo Pemberton entre risas, con la gracia del idioma prestado que acompañaba los momentos más divertidos e íntimos de sus amigos—. ¿Pero de dónde supone usted que voy a sacar sesenta francos? ¿En qué mundo vive?

—Creía que usted trabajaba, que escribía cosas; ¿es que no le pagan?

—Ni un céntimo.

—¿Es usted tan tonto como para trabajar por nada?

—Eso debería saberlo usted muy bien.

La señora Moreen le miró fijamente un instante y luego enrojeció ligeramente. Pemberton observó que había olvidado por completo los términos, si se podían llamar así, que finalmente había aceptado recibir de ella; aquello pesaba tan poco sobre la memoria de la señora Moreen como sobre su conciencia.

—Ah, sí, ya veo lo que quiere decir... ha sido usted muy amable en lo que respecta a eso; pero ¿por qué volver sobre ello con tanta frecuencia?

Ella se había mostrado perfectamente correcta con Pemberton después de la violenta escena aclaratoria que tuvo lugar en el dormitorio del joven la mañana en que éste le hizo aceptar «pagar» el precio que Pemberton estableciera: inexcusablemente, él haría saber a Morgan la situación en la que se encontraba. La señora Moreen no había abrigado ningún resentimiento, al comprobar que no había peligro alguno de que Morgan le echara en cara el asunto. De hecho, atribuyendo esta inmunidad al buen gusto de su influencia sobre el muchacho, le había dicho en una ocasión al preceptor:

—Mi querido amigo, es un consuelo inmenso que sea usted todo un caballero.

Ahora, en esencia, le vino a repetir lo mismo:

—Por supuesto que es usted un caballero... ¡cuántas molestias evita eso!

Pemberton le recordó que él no «había vuelto» sobre nada que no fuera tan evidente como que su pie estaba dentro de su zapato; y ella, a su vez, repitió su ruego de que, fuera como fuese, consiguiese sus sesenta francos. Él se tomó la libertad de afirmar que si pudiera encontrarlos no se los prestaría, con lo cual era conscientemente injusto consigo mismo, ya que sabía que si los tuviera los pondría a disposición de la madre de su pupilo sin dudarlo un momento.

En el fondo, y algo de verdad había en ello, el joven se acusaba a sí mismo de sentir una misteriosa y depravada simpatía hacia ella. Si la miseria hace extraños compañeros de cama, también propicia extraños sentimientos. Además, era aquella desesperanza y el mal efecto general que le causaba convivir con una gente así lo que le hacía dar contestaciones vulgares, dejando de lado por completo su propia tradición de buenos modales.

—Morgan, Morgan, ¿hasta dónde he llegado por ti? —gimió mientras la voluminosa señora Moreen se deslizaba de nuevo por la sala para ir a liberar a su hijo, lamentándose con voz quejumbrosa de lo odiosísimo que era todo.

Antes de que su joven amigo entrara de nuevo se oyó un fuerte golpe en la puerta que comunicaba con la escalera, seguido de la aparición de un joven empapado que asomó la cabeza. Pemberton reconoció en él al portador de un telegrama y supo que el telegrama iba dirigido a él. Mientras Morgan regresaba, él, después de haber echado un vistazo a la firma —de un amigo de Londres— leía estas palabras: «Te he encontrado un empleo magnífico, he llegado acuerdo des clases muchacho opulento, condiciones ídem. Preséntate inmediatamente». El mensajero esperaba la respuesta que, afortunadamente, estaba pagada. Morgan, que ya había llegado junto a ellos, también aguardaba mirando fijamente a Pemberton; éste, después de un momento, miró a Morgan a los ojos y le entregó el telegrama.

Realmente fue mediante un inteligente intercambio de miradas —tan bien se conocían— mientras el chico de telégrafos, con su capa impermeable, formaba un gran charco en el suelo, como se resolvió el asunto entre ellos. Pemberton escribió la respuesta a lápiz, apoyándose en los frescos de la pared, y el mensajero partió. Cuando se hubo ido, Pemberton le dijo a Morgan:

—Pediré unos honorarios elevadísimos; ganaré mucho dinero en poco tiempo y con eso viviremos.

—Bueno, espero que el muchacho rico sea tonto... seguro que lo es... —dijo Morgan entre paréntesis—, y que le retenga mucho tiempo.

—Por supuesto, cuanto más tiempo me retenga tanto más tendremos para nuestra vejez.

—¡Pero, suponga que no le pagan! —sugirió Morgan con malicia.

—¡Oh, es imposible que exista otra...! —Pemberton se interrumpió cuando estaba a punto de emplear un término injurioso. En lugar de ello dijo—: ...otra situación como ésta.

Morgan se sonrojó, y las lágrimas afluyeron a sus ojos.

—Diga mejor otra panda de granujas como ésta. —A continuación, cambiando de tono, añadió—: ¡Afortunado joven rico!

—Si es tonto, no.

—Oh, los tontos son aún más felices. Pero no se puede tener todo, ¿verdad? —se lamentó Morgan sonriendo.

Pemberton le puso las manos en los hombros. Nunca lo había querido tanto.

—¿Qué será de ti? ¿Qué vas a hacer? —pensó en la señora Moreen, que necesitaba desesperadamente sesenta francos.

—Me haré un hombre hecho y derecho —y después, como si reconociera todos los matices que encerraba la alusión de Pemberton, añadió:

—Me llevaré mejor con ellos cuando usted ya no esté aquí.

—Ah, no digas eso. ¡Suena como si te pusiera en su contra!

—Y así es... con sólo verle. Está bien; ya sabe lo que quiero decir. Estaré de maravilla. Me haré cargo de sus asuntos; casaré a mis hermanas.

—¡Tú sí que te vas a casar! —bromeó Pemberton, ya que pensaba que, obviamente, en el momento de la separación, lo más adecuado, o al menos lo más seguro, era simular, en son de chanza, un tono arrogante y altanero.

Sin embargo, Morgan formuló de repente una pregunta que estaba fuera de ese contexto:

—Pero, una cosa, ¿cómo va a llegar a su magnífico empleo? Tendrá que enviar un telegrama al joven rico para que le envíe dinero.

Pemberton lo pensó detenidamente.

—Eso no les gustará, ¿verdad?

—Oh, ¡tenga cuidado con ellos!

Entonces Pemberton planteó una solución:

—Acudiré al cónsul de los Estados Unidos; le pediré prestado algo de dinero... sólo por unos pocos días, los que tarde en llegar, apoyándome en la solidez del telegrama.

Morgan dijo, divertido:

—Enséñele el telegrama... ¡y después guárdese el dinero y quédese aquí!

Pemberton le siguió la broma lo suficiente como para responder que Morgan era totalmente capaz de eso; pero el muchacho, cada vez más serio, y para demostrar que hablaba en broma, no sólo le urgió a que acudiera al consulado —Pemberton le decía a su amigo en el telegrama que partiría aquella misma noche—, sino que insistió en acompañarle. Se abrieron camino chapoteando, tratando tortuosamente de sortear los charcos, y cruzaron los gibosos puentes. Atravesaron la Piazza, donde vieron al señor Moreen y a Ulick entrando en una joyería. El cónsul accedió —Pemberton dijo que no fue por el telegrama, sino por el aire distinguido de Morgan—. De vuelta, entraron en San Marcos donde pasaron diez minutos en silencio. Más adelante reanudaron la conversación y mantuvieron el tono divertido hasta el último momento. A Pemberton le pareció un elemento más dentro de aquel tono de alegría el hecho de que la señora Moreen, que se enfadó mucho cuando el joven le anunció sus intenciones le acusara, grotesca y vulgarmente, y haciendo referencia al préstamo que en vano había intentado conseguir, de huir precipitadamente por miedo a que ellos «le sacaran algo».

Por el contrario, hubo de recordar, para hacer honor a la justicia, que cuando, al llegar, el señor Moreen y Ulick conocieron la cruel noticia, la aceptaron de buen grado como unos perfectos caballeros.

Cuando Pemberton comenzó a trabajar con el joven rico, que necesitaba que lo prepararan para ingresar en el Balliol College, se percató de que era incapaz de decir si el aspirante era realmente tonto o si la culpa era suya y se lo parecía como consecuencia de su larga convivencia con una persona joven que poseía una inteligencia inusualmente despierta.

Recibió noticias de Morgan media docena de veces: el muchacho le escribía unas cartas encantadoras y juveniles, en un mosaico de lenguas que remataba con postdatas indulgentes redactadas en la jerga familiar y rellenaba los pequeños cuadros, círculos y espacios en blanco que el texto configuraba, con curiosísimas ilustraciones. Aquellas misivas dividían el ánimo de Pemberton: por un lado, sentía el impulso de mostrárselas a su actual alumno, a modo de incentivo que sabía de antemano desperdiciado; por otro, tenía la impresión de que había algo en ellas que sería profanado si se enseñaban.

El nuevo alumno de Pemberton se presentó a examen a su debido tiempo y suspendió. Pero la sensación de que no se esperaba del examinando que fuera brillante a la primera quedó aparentemente reforzada por el hecho de que sus padres, justificando el fallo, del que generosamente hablaban lo menos posible como si lo hubiera cometido Pemberton, y tratando de evitar un segundo fracaso, rogaron al joven tutor que siguiera ocupándose de su hijo un año más.

El joven profesor se hallaba ahora en situación de poder prestarle sesenta francos a la señora Moreen y le envió un giro postal por una cantidad mayor incluso. A cambio de dicho favor recibió unas líneas desesperadas y escritas presurosamente: «Le suplico regrese sin la mayor dilación. Morgan está muy enfermo». Los Moreen estaban en pleno shock emocional, una vez más en París. Aunque Pemberton los había visto deprimidos muchas veces, nunca los había percibido tan hundidos, y por consiguiente la comunicación se restableció con rapidez. Escribió al muchacho para conocer el estado de su salud, pero esperó su respuesta en vano.

En consecuencia, después de tres días, se despidió repentinamente del joven rico y, tras cruzar el Canal de la Mancha, se presentó en el pequeño hotel que estaba ubicado en los alrededores de los Campos Elíseos, cuya dirección le había facilitado la señora Moreen.

Pemberton sintió un profundo, aunque tácito, resentimiento hacia aquella dama y quienes la rodeaban: no podían resignarse a una honradez vulgar, pero sí vivir en hoteles, en casas decoradas con terciopelo, envueltos en el perfume que desprendían los aromáticos inciensos, en la ciudad más cara de Europa. Cuando los dejó en Venecia, lo hizo con la irrefrenable sospecha de que algo irremediable iba a suceder; pero lo único que pasó fue que se las apañaron de nuevo para marcharse de aquella ciudad.

—¿Cómo está? ¿Dónde está? —preguntó a la señora Moreen.

Pero antes de que pudiera contestar, las preguntas fueron respondidas por la presión que sintió alrededor del cuello procedente de unos brazos, con las mangas cortas de talla, que todavía eran perfectamente capaces de dar un apretón efusivo y juvenil.

—¡Terriblemente enfermo!

—¡Pues no lo parece! —exclamó el joven. Y, dirigiéndose a Morgan, le reprochó:

—¿Se puede saber por qué no me has ahorrado esta preocupación? ¿Por qué no respondiste a mi carta?

La señora Moreen dijo que, cuando le escribió, su hijo se encontraba muy mal. Pemberton supo, al mismo tiempo, por el muchacho, que éste había contestado todas las cartas que había recibido. Esto demostraba que la nota de Pemberton había sido interceptada, con la intención de que no interfiriera en el juego que se traía entre manos. La señora Moreen estaba preparada para que el hecho saliera a la luz y, como Pemberton pudo comprobar, también lo estaba para otras muchas cosas. Estaba preparada, por encima de todo, para mantener que había actuado movida por el sentido del deber y que estaba encantada de haberle hecho venir, dijesen lo que dijesen; y que era inútil que fingiera no saber, en lo más íntimo de su ser, que su lugar en ese momento estaba junto a Morgan. Él les había arrebatado al muchacho y ahora no tenía derecho a abandonarlo. Él se había creado gravísimas responsabilidades; cuando menos estaba en la obligación de cargar con las consecuencias de lo que había hecho.

—¿Qué se lo he arrebatado? —exclamó Pemberton indignado.

—¡Lléveme con usted, se lo suplico! ¡Que me arrebate es precisamente lo que quiero! No puedo soportar esto; estas escenas. ¡Son unos farsantes, los pobres!

Estas palabras fueron pronunciadas por Morgan, que había interrumpido su abrazo, en un tono que hizo a Pemberton volverse rápidamente hacia él para comprobar que se había sentado de repente, que respiraba con evidente dificultad y que estaba muy pálido.

—¿Y ahora qué? ¿Sigue diciendo que no está enfermo mi niño preferido? —gritó su madre, cayendo de rodillas ante él, con las manos entrelazadas, pero sin atreverse a tocarlo, como si de un ídolo dorado se tratase—. Se le pasará..., es cosa de un instante nada más; ¡pero no diga esas cosas tan horribles!

—Estoy bien..., estoy bien —le dijo Morgan a Pemberton, jadeando y mirándole con una extraña sonrisa y las manos apoyadas a ambos lados del sofá.

—¿Aún sigue pensando que soy una farsante, que le he engañado? La señora Moreen miró a Pemberton echando chispas por los ojos y se levantó.

—¡No es él quien lo dice, soy yo! —replicó el muchacho, aparentemente más aliviado, aunque seguía hundido en el sillón, recostado contra su respaldo. Pemberton, entretanto, sentado a su lado, le tomó la mano y se inclinó hacia él.

—Hijo mío querido, hacemos lo que podemos; hay que tener en cuenta tantas cosas —alegó la señora Moreen—. Su sitio está aquí, nada más que aquí. Seguro que ahora usted también lo cree así.

—Sáqueme de aquí..., sáqueme de aquí —le suplicó Morgan, sonriendo, a Pemberton, con el rostro tremendamente pálido.

—¿Dónde te voy a llevar y cómo? Oh, ¿cómo, mi querido muchacho? —balbuceó el tutor con voz entrecortada, pensando en la descortesía que para sus amigos de Londres representaría el hecho de que Pemberton los hubiera abandonado por propia conveniencia y sin haberse comprometido a regresar inmediatamente. Pensaba también en el justo resentimiento que a aquellas alturas ya les habría inducido a contratar a su sucesor, y en lo poco que le iba a ayudar a encontrar otro empleo el grave hecho de que no había logrado que su alumno aprobara.

—Oh, ya lo arreglaremos. Antes usted solía hablar de eso —continuó Morgan—. Con tal de que nos podamos ir, lo demás son sólo detalles.

—Hable de ello cuanto guste, pero no sueñe ni con intentarlo. El señor Moreen nunca lo consentiría..., el pobre llevaría una vida tan precaria —le dijo fantasiosamente a Pemberton su anfitriona. A continuación le explicó a Morgan sus razones:

—Destruiría nuestra paz, rompería nuestros corazones. Ahora que tu preceptor está de vuelta, todo volverá a ser como era. Dispondrás de tu vida, de tu trabajo y de tu libertad, y todos seremos tan felices como antes. Te pondrás fuerte y crecerás perfectamente normal, y nosotros no volveremos a hacer más experimentos estúpidos. Son demasiado absurdos. El señor Pemberton está en su lugar. Cada uno está en el lugar que le corresponde. Tú en el tuyo, tu papá en el suyo y yo en el mío..., n'est—ce pas, chéri? Todos vamos a olvidar lo estúpidos que hemos sido y lo pasaremos maravillosamente bien.

Continuó hablando, sin dejar de moverse distraídamente por el pequeño y recargado salón, mientras Pemberton seguía sentado junto al muchacho, que poco a poco iba recobrando el color. La señora Moreen entremezclaba diversas razones, dando a entender que se iban a producir cambios, que tal vez se dispersaran sus otros hijos («¿Quién sabe? Paula tenía sus propios planes») y en ese caso ya podían imaginarse lo mucho que necesitarían los pobres padres tener a su polluelo en el nido. Morgan miró a su maestro, que no le permitió moverse; éste sabía exactamente cómo se sentía al oír que le llamaban polluelo. Admitió que había tenido uno o dos días malos, pero protestó de nuevo contra la equivocación de su madre al apoyarse en aquello para suplicarle al pobre Pemberton que volviera. El pobre Pemberton ahora podía reírse, aparte de lo cómica que resultaba la señora Moreen desplegando tanta filosofía para defenderse (daba la impresión de que la obtuviera de tanto agitar sus enaguas, con las que volcó las sillas de tonos dorados), pues no le parecía que el muchacho enfermo estuviera en condiciones de rechazar ninguna ayuda.

En todo caso, él mismo iba a prestársela. Debería volver a ocuparse de Morgan indefinidamente; aunque observó que el chico tenía su propia teoría, que sacaría a relucir con el propósito de atajar las intenciones de Pemberton. Éste se lo agradecía de antemano, pero la conducta que se proponía seguir no le impedía sentir cierta congoja en el corazón, como tampoco le impedía aceptar la perspectiva que se le presentaba, con cierta confianza. Creía, además, que lo encajaría aún mejor si pudiera cenar algo. La señora Moreen dio más pistas acerca de los cambios que cabía esperar, pero era tal la mezcla de sonrisas y sobresaltos —confesó que estaba muy nerviosa— que emanaba de su persona, que el preceptor no sabía muy bien si estaba de muy buen humor o le había dado un ataque de histeria. Si era cierto que la familia iba, por fin, a disgregarse, ¿por qué no habría de reconocer la necesidad de colocar a Morgan en una especie de bote salvavidas? Dicha presunción fue reforzada por el hecho de que se habían instalado en unos aposentos de lujo, en la capital del placer. Ahí era exactamente donde ellos se establecerían ante la perspectiva de una posible separación. Por otro lado, ¿no había mencionado que el señor Moreen y los demás habían ido a la ópera con el señor Granger? ¿Y además no era ése, precisamente, el lugar donde habría que buscarlos en vísperas de una crisis?

Pemberton dedujo que el señor Granger era un americano rico que se encontraba disponible —una cuenta enorme, con un pomposo membrete en la que aún no figuraba escrita ninguna compra—; de modo que, probablemente, una de las «ideas» de Paula sería que esta vez había dado en la diana, lo cual suponía, en efecto, un golpe sin precedentes a la cohesión general. Y si la cohesión había llegado a su fin, ¿qué iba a ser del pobre Pemberton? Estaba lo bastante unido a ellos como para verse a sí mismo —con una cierta alarma—, como un tablón a la deriva en caso de naufragio.

Fue Morgan quien, finalmente, preguntó si no le habían encargado nada para cenar. Eso fue más tarde, mientras estaba sentado junto a él, abajo, ante una cena tardía, en una estancia en penumbra donde abundaba la felpa verde recogida con cordones, en presencia de un plato de bizcocho ornamental y una acusada languidez por parte del camarero. La señora Moreen había explicado que se habían visto obligados a procurarle una habitación alejada de sus aposentos, y el consuelo que le ofreció Morgan —mientras Pemberton pensaba en lo repugnantes que eran las salsas tibias— resultó ser, en gran medida, que aquella circunstancia les facilitaría la huida. Hablaba de su huida —volviendo sobre ella a menudo— como si estuvieran urdiendo juntos una fuga propia de un libro juvenil. Pero al mismo tiempo afirmaba tener la sensación de que estaba pasando algo, que los Moreen no podrían aguantar mucho más tiempo. En efecto, como Pemberton tuvo ocasión de comprobar, consiguieron aguantar cinco o seis meses. Durante todo aquel tiempo, sin embargo, Morgan se esforzó por levantar el ánimo a su preceptor. El señor Moreen y Ulick, a quienes vio al día siguiente de su llegada, aceptaron su regreso como perfectos hombres de mundo. Si Paula y Amy le dieron a aquel hecho un tratamiento menos formal todavía, es preciso ser indulgente con ellas teniendo en cuenta que el señor Granger no se había presentado en la ópera después de todo.

Se había limitado a poner su palco a disposición de sus invitados, obsequiando a cada miembro del grupo con un ramo de flores; el señor Moreen y Ulick también tuvieron el suyo, lo cual hizo que les resultara más amargo incluso pensar en su liberalidad.

—Son todos iguales —fue el comentario de Morgan—. En el último momento, justo cuando creemos que ya los hemos atrapado, están de vuelta en las profundidades del mar.

Los comentarios de Morgan aquellos días eran cada vez más libres; en algunos manifestaba un gran agradecimiento por la extraordinaria ternura con la que le habían tratado mientras Pemberton se encontraba lejos. Oh, sí, nunca era suficiente lo que hacían para ser agradables con él, para demostrarle que lo tenían presente en su ánimo y tratar de compensarle de la pérdida que había sufrido. Aquello era precisamente lo que hacía de todo el asunto algo tan triste y lo que hacía a Morgan estar tan contento, después de todo, por el regreso de Pemberton —ahora tenía que estar menos pendiente de su afecto y era menor la sensación de estar en deuda con ellos—. Pemberton se rio abiertamente de esta última razón, por lo que Morgan enrojeció y dijo:

—Ya sabe a qué me refiero.

Pemberton sabía perfectamente a qué se refería; pero había muchas cosas que seguían sin aclararse. El episodio de su segunda estancia en París se prolongaba tediosamente. Se reanudaron sus lecturas, los paseos y los vagabundeos, las incursiones por los muelles del Sena, las visitas a los museos, el ir de vez en cuando a pasar el rato en el Palais Royal, cuando empezaban a hacer su aparición los primeros rigores del frío y era reconfortante sentir las emanaciones de la calefacción, disfrutando ante el magnífico ventanal del presbiterio. Morgan quería saber todo acerca del joven rico; estaba muy interesado en él. Algunos de los detalles de su opulencia —Pemberton no podía ahorrarle ninguno— evidentemente acentuaban el agradecimiento que el muchacho sentía por todo a lo que había renunciado su amigo para volver junto a él; además de la gran familiaridad que se establecía por causa de tanta renuncia, Morgan siempre le estaba dando vueltas a su inquietante teoría, en la que además había un atisbo de frivolidad, según la cual su largo periodo de prueba estaba tocando a su fin.

La convicción de Morgan según la cual los Moreen no podían seguir así mucho más tiempo era semejante al ímpetu inagotable con el que, mes a mes, seguían adelante. Tres semanas después de que Pemberton hubiera vuelto con ellos se mudaron a otro hotel, más sórdido que el primero; pero Morgan se alegró de que al menos su tutor no se viera privado de la ventaja de disponer de una habitación en otra parte. El muchacho se aferró a la novelesca utilidad de tal circunstancia cuando llegase el día, o mejor dicho, la noche, de su huida.

Por vez primera, en el proceso de aquella complicada relación, Pemberton se sintió molesto y exasperado. Era, como le había dicho a la señora Moreen en Venecia, demasiado fuerte..., todo era trop fort. En realidad no podía ni deshacerse de aquella carga frustrante ni hallar en ella el beneficio de una conciencia apaciguada o de un afecto recompensado. Se había gastado todo el dinero que había ganado en Inglaterra, y, por otra parte, sentía que se le estaba acabando la juventud y que no estaba recibiendo nada a cambio de ello. Estaba muy bien que Morgan, al parecer, considerase que le recompensaría por todos los inconvenientes padecidos uniendo para siempre su suerte a la de Pemberton, pero había un fallo irritante en aquella perspectiva. Él se daba cuenta de lo que el muchacho tenía en mente; pensaba que como su amigo había tenido la generosidad de regresar junto a él, tenía la obligación de demostrarle su agradecimiento entregándole su vida. Pero su pobre amigo no deseaba aquella ofrenda. ¿Qué podría hacer él con la terrible vida de Morgan? Por supuesto, a la vez que Pemberton se sentía irritado, recordaba la razón, la cual era muy honrosa para Morgan y consistía sencillamente en el hecho de que éste, a fin de cuentas, no era más que un niño. Si le tratara de otra manera, sus desventuras serían culpa de uno mismo. Así pues, Pemberton esperaba, en medio de una extraña confusión de anhelo y preocupación, la catástrofe que supuestamente se cernía sobre la casa de los Moreen, y cuyos síntomas sentía que, en ocasiones, le rozaban la mejilla, haciéndole preguntarse con insistencia qué forma adoptaría.

Tal vez adoptara la forma de una desbandada, un aterrado Sálvese quien pueda, una huida hacia posiciones egoístas. En realidad, los miembros de la familia mostraban menos flexibilidad que antaño: resultaba evidente que estaban buscaban algo y que no lo encontraban. Los Dorrington no habían vuelto a hacer acto de presencia, los príncipes se habían esfumado, ¿no era aquello acaso el principio del fin? La señora Moreen había abandonado su costumbre de llevar la cuenta de los famosos «días»; su calendario social era confuso: estaba vuelto de cara a la pared. Pemberton sospechaba que el desconcierto había empezado a revestir grandes y cruciales proporciones a partir del incalificable comportamiento del señor Granger, que parecía no saber lo que quería o —lo que era mucho peor— lo que ellos querían. Seguía mandando flores, como para cubrir el camino por el que se retiraba, que no era jamás el camino de regreso. Las flores estaban muy bien, pero... —Pemberton podía completar la frase. Ahora, después de mucho andar, una cosa quedaba perfectamente clara: los Moreen eran un fracaso socia. El joven se sentía casi agradecido de que la carrera no hubiera sido corta. De hecho, el señor Moreen aún se las arreglaba para marcharse ocasionalmente de negocios y, lo que era aún más sorprendente, también se las arreglaba para volver... Ulick ya no pertenecía a ningún club, pero eso no hubiera podido deducirse por su aspecto, que era más que nunca el de una persona que contempla el espectáculo de la vida desde los ventanales de dicha institución. Por ello, Pemberton se sorprendió por partida doble con la respuesta que le oyó dar a su madre en el tono desesperado propio de un hombre acostumbrado a las mayores privaciones. Pemberton no captó bien la pregunta de la madre, que al parecer le consultaba si se le ocurría quién podría llevarse a Amy. ¡Que se la lleve el diablo!, le espetó bruscamente Ulick.

De modo que Pemberton no sólo se dio cuenta de que habían perdido su afabilidad, sino también, lo cual era mucho más grave, que habían dejado de creer en sí mismos. También dedujo que si la señora Moreen estaba intentando que la gente se llevara a sus hijos podría interpretarse como el cierre de las escotillas ante la proximidad de una tormenta. Pero Morgan sería el último del que se separaría.

Una tarde de invierno —era domingo—, el preceptor y su alumno se internaron en el Bois de Boulogne. La tarde era tan espléndida, tan luminosas las frías tonalidades de color limón del ocaso, tan entretenida la afluencia de vehículos y paseantes y tan grande la fascinación de París, que emprendieron el regreso más tarde que de costumbre, percatándose de que tendrían que darse prisa en regresar a casa si querían llegar a tiempo para la cena.

Así pues se dispusieron a volver, cogidos del brazo, de buen humor y hambrientos, conviniendo en que no había nada como París, después de todo, y que, además, después de todo lo que habían ido y venido todavía no se habían saciado aún de los placeres inocentes. Cuando entraron en el hotel descubrieron que, aunque escandalosamente tarde, llegaban a tiempo para cuanta cena había probabilidad de que les sirvieran. En los aposentos de los Moreen —que eran ahora bastante lamentables, pese a ser los mejores del establecimiento— reinaba el caos y el servicio de mesa había sufrido una interrupción —los objetos estaban desplazados, casi como si hubiera habido una pelea, y había una enorme mancha de vino junto a una botella volcada—. Pemberton no pudo permanecer impasible ante la evidencia de que había tenido lugar una escena de rebelión protagonizada por los propietarios.

Había estallado la tormenta y todos buscaban refugio. Las escotillas estaban cerradas; no se veía a Paula y a Amy por ninguna parte —jamás habían intentado, ni remotamente, ejercer sus artes seductoras sobre Pemberton, pero sentía que lo tenían lo suficientemente en cuenta como para no desear que las viera como señoritas cuyos vestidos habían sido confiscados —. En cuanto a Ulick daba la impresión de que hubiera saltado por la borda. En una palabra, el hostelero y su personal de servicio habían dejado de bailar el agua a sus huéspedes, y la atmósfera que rodeaba a aquella embarazosa interrupción, merced a los baúles entreabiertos que se amontonaban en el pasillo, se mezclaba extrañamente con el aire de indignación que rodeaba la retirada.

Cuando Morgan captó todo aquello (y lo captó rápidamente) enrojeció hasta la raíz de sus cabellos. Llevaba caminando desde la infancia entre dificultades y peligros, pero jamás había visto la situación públicamente expuesta. Al dirigirle una segunda mirada, Pemberton advirtió que tenía lágrimas en los ojos, y que eran lágrimas de una amarga vergüenza antes no experimentada. Por un instante se preguntó, pensando en el muchacho, si le sería posible fingir que no entendía lo que estaba sucediendo. Imposible disimular, concluyó, cuando el señor y la señora Moreen, sin cenar, junto a la chimenea apagada, se pusieron de pie ante él, en su pequeño salón deshonrado, con los ojos vidriosos tratando de encontrar el puerto más próximo en la tormenta.

No se les veía abatidos, pero estaban extraordinariamente pálidos, y era evidente que la señora Moreen había estado llorando. No obstante, Pemberton comprendió enseguida que la causa de su dolor no se debía a la pérdida de la cena, a pesar de lo mucho que solía disfrutarla, sino que obedecía a una necesidad mucho más trágica, tal y como ella se apresuró a explicar sin pérdida de tiempo. El vería por sí mismo, en la medida de lo posible, cómo había sobrevenido el desastre, había caído el espantoso rayo y cómo ahora todos deberían buscar soluciones. Por tanto, por muy cruel que les resultase separarse de su querido hijo, la señora Moreen se veía obligada a recurrir a él para que continuase ejerciendo la influencia que afortunadamente había logrado tener sobre el chico..., persuadiendo a su joven pupilo de que lo acompañase a algún modesto retiro. El hecho era que dependían de él para que acogiera temporalmente a su querido hijo bajo su protección; eso le dejaría al señor Moreen, y a ella misma, más libertad para dedicar la atención adecuada (demasiado poca, ¡ay!, les habían concedido) al reajuste de sus asuntos.

—Confiamos en usted..., creemos que podemos —dijo la señora Moreen, frotándose lentamente sus regordetas manos blancas, y mirando con reparo fijamente a Morgan, cuya barbilla, sin osar tomarse libertades, acariciaba su marido con un índice paternal y dubitativo.

—Oh, sí, nuestros sentimientos nos dicen que podemos hacerlo. Confiamos plenamente en el señor Pemberton, Morgan —añadió el señor Moreen.

Pemberton se preguntó de nuevo si podría fingir que no entendía nada; pero la idea se complicó al comprender que Morgan sí había comprendido.

—¿Quieres decir que puedo irme a vivir con él por los siglos de los siglos? —exclamó el muchacho—. ¿Qué puede llevarme lejos, lejos, a cualquier lugar que desee?

—¡A donde ustedes quieran! ¡Cómo ustedes quieran! —rio indulgentemente el señor Moreen—. Durante el tiempo que el señor Pemberton tenga la bondad.

—Hemos luchado, hemos sufrido —prosiguió su esposa—; pero usted se ha adueñado de él de tal manera que ya hemos pasado lo peor del sacrificio.

Morgan había apartado la vista de su padre y se quedó mirando a Pemberton con el rostro iluminado. Su sensación de vergüenza por la humillación había desaparecido, y en su lugar surgió algo más vivido y luminoso. Tuvo un momento de alegría infantil, apenas mitigada por la consideración de que con la inesperada consagración de su esperanza, demasiado repentina y violenta, el giro que los acontecimientos habían tomado resultaba menos propio de un libro juvenil. La «huida» quedaba en sus manos y en las de Pemberton.

La alegría infantil duró un instante, y Pemberton casi tuvo miedo ante aquella revelación de afecto y gratitud que fulguraba en medio de la humillación del muchacho. Cuando Morgan balbució «Mi querido amigo, ¿qué dice usted a eso?», el preceptor se percató de que debería mostrar entusiasmo. Pero el miedo que este último sentía se acentuó por algo que ocurrió inmediatamente después y que obligó al muchacho a sentarse rápidamente en la silla que tenía más a mano.

Morgan estaba muy pálido y se había llevado una mano al lado izquierdo del pecho. Los tres lo miraban, pero fue la señora Moreen la primera en inclinarse hacia delante.

—¡Ah, su pobre corazoncito! —exclamó; y esta vez, arrodillada ante él, y sin respeto por el ídolo, lo cogió amorosamente entre sus brazos—. ¡Le ha hecho andar mucho, le ha obligado a ir muy deprisa! —le espetó a Pemberton por encima del hombro. El muchacho no hizo ningún ademán de protesta y un instante después, mientras le sujetaba todavía entre sus brazos, la señora Moreen se levantó de un salto y, con la cara convulsionada, comenzó a gritar de un modo horrible: —¡Socorro! ¡Socorro! ¡Se muere! ¡Se ha muerto!

Pemberton comprendió con idéntico horror, por el rostro crispado de Morgan, que efectivamente estaba muerto. Tiró de él medio arrebatándolo de los brazos de su madre y, por un momento, mientras lo sostenían entre los dos, se miraron a los ojos presas de la mayor consternación.

—Su débil corazón no ha podido soportarlo —se lamentó Pemberton—. Ha sido el golpe, toda la escena, la violenta emoción...

—¡Pero yo pensaba que él quería irse con usted! —gimoteó la señora Moreen.

—Ya te dije yo que no, querida —argumentó el señor Moreen. Todo su cuerpo temblaba y, a su manera, estaba tan profundamente afectado como su esposa. Pero, tras la primera impresión, aceptó su dolor como corresponde a un hombre de mundo.